글벗시선 118 이기주 시집

노을에 기댄
그리움

이기주 지음

책 머리에

무수한 경쟁이 끊임없는 날들을 살며 시가 무엇인지도 모르면서 겁 없이 도전하여 30년간 종합문예지로 맥을 이어오는 월간 『한맥문학』에서 시부분 신인상으로 등단을 하였습니다.

시를 알면 알수록 어려워지는 마음에 시집 출간을 망설여 왔습니다. 이를 아신 최봉희 회장님께서 용기를 북돋아 주시고 첫 시집을 출간하도록 지원해 주셨습니다.

해넘이 나이에 쓴 시들이 해돋이를 할 수 있기를 간절합니다. 시인이란 이름에 누가 되지 않을까도 염려도 되지만, 그러함에도 제 가슴에는 피워내야 할 꽃들이 너무 많습니다. 나뭇잎의 흔들림을 보고, 바람을 느끼고, 꽃이 피고, 꽃이 짐을 봅니다. 무늬와 얼룩을 분별하는 의미를 새기며 살겠습니다.

오늘의 모든 영광을 주님께 드립니다. 아울러 책이 출간하기까지 도움을 주신 글벗문학회 최봉희 회장님께 감사를 드립니다. 두서없는 글을 곱게 편집해 주신 도서출판 글벗 편집장님께 거듭 감사를 드립니다.

2020년 10월

저자 옥섬(玉蟾) 이기주 올림

차 례

제2부 바람 앞에서

제3부 해바라기 순정

제4부 축복의 계절에도 아픔은 있다

제5부 무슨 향을 내며 살까

제6부 달맞이꽃이 되어

石有蘭友相都樂

玉蟾 이기주 선생 노을에 기댄 그리움 시집 출간 기념

제1부

억새꽃처럼

그날 그 찻집엔

적막으로
가라앉은 산자락
전통 찻집 굴뚝엔
산발한 연기가
하늘을 오르고
둘이서 들어선
장작이 타는 찻집
난로 위에선
고구마 익는
냄새도 정겨웠다

귀퉁이 벗겨진
찻상을 마주하고
달착지근한
대추차 홀짝이며
나눴던 정담은
아직도
귓전을 맴도는데
그 임 보낸 지
수년이 흘러도

추억이 못내 그립다

다시 찾은
그 찻집엔 흠모할만한
향도 온기도 없다
그날처럼
대추차를 받아놓으니
온갖 상념이 휘감아
차마 다 못 마시고
돌아서는 뒤로
가을의 짧은 해는
산 그림자를 드리운다

－소천하신 권사님을 그리며

가을 예찬

하늘엔 햇솜처럼
뭉게구름 깔리고
짙어가는 가을은
진초록 옷을 벗고
노랑 빨강 갈색으로
곱고 화려한 옷으로
갈아입고들 있으니
파스텔 물감으로
그림을 그린듯하다

아름답다는 말로는
풀어낼 수 없는 가을
자연의 경이로움이
정수리 끝까지 뻗쳐
속살까지 물들이니
추심이나 불러들여
노래라도 불러볼까
바람에 개여울 타고
저절로 흐르는 노래

구절초 사랑

어머니의 공들이신
삶을 헛짚어 온 세월로
만든 애물단지 딸은
마음 둘 곳 없이 허기로와
내 가슴에 꽃으로 피신
어머니 선영 앞에 섰습니다

쇄쇄 이는 갈바람에
구절초 꽃잎이 흔들리니
이 딸 눈동자에 그들먹한
어머니의 인자한 모습에
여태껏 삼켰던 속울음이
가슴 돌아 터져 나옵니다

선산에 구절초 피어나던
이맘때면 댕댕이 소쿠리에
구절초를 캐어 말리셨다가
수수 타작하고 나면 부엌
문설주에 호롱불 매달고 밤새
엿 고와 나만 먹이셨지요

구절초를 고아 만든 쌉쌀한
수수엿을 억지로 먹이시며
시집가 수태를 잘 하여야
귀염받고 산다시던 어머니의
사랑은 구절초 꽃 문신으로
가슴에 새겨져 있습니다

하얀 나비처럼
구절초 꽃잎은 춤추는데
어머니 사랑의 애절함이
깃들 곳을 못 찾아
구절초 꽃을 꺾어 들고
어머니 사랑에 경배하듯이
꽃잎에 입을 맞춥니다

※ 구절초 꽃말은 순수 어머니 사랑이라 합니다

성차별

올해도 가을의 전령사 가로수의 은행잎이
노랑나비가 되어
날아다니다 내려앉기 시작이다

생명의 신비는 은행나무에도 암수가 있어
마주 보고 정분 나눠
열매를 맺어 본분은 다 했는데

알알이 쏟아 놓은 열매에서
고약한 냄새가 나니 가로수에서 퇴출당할 위기에 놓였다

열매 못 맺는 수나무만 남기고
암나무는 잘라 버리니
이것은 엄연한 성차별이 아닐까

사람도 한다는 성전환 수술과 불임수술을 하여
구원받을 수는 없는 것일까 가엾은 생각이 든다

분명 고약한 냄새가 나도록 만들어진 연유가 있을 텐데
이러나저러나 객쩍은 생각이다

백당나무에 열린 가을

온통 하얀 꽃들이
촘촘히 수놓을 때
나조차 꽃들 속에
피어나고 싶었는데

굽이져 돌아가는
꽃바람에 흔들려
떠다니는 구름처럼
펼쳐지는 가을에

여름의 언저리에
머물다간 이야기는
노을의 붉은빛을 닮은
홍보석으로 매달렸네

감미로운 저 햇살에
온 세상이 드밝아져
산뜻해진 **빨간** 빛으로
영롱해진 백당열매

허기로운 밤

이별을 서두름에
미워도 하였다가

오랜 세월 지나며
원망도 부질없어

망실(忘失)의 강물에
흘려보낸 줄 알았는데

묵은 사진 정리하다
마주친 눈빛에

손끝에 박힌 티눈처럼
빼낼 수 없는 아픔

싸한 바람 한 줄기
가슴에 자리 잡네

억새꽃처럼

봄부터 다투어 피어나는
한철 젊은 꽃들처럼
화려하고 곱지는 않아도

색으로 향으로 맵시로도
말하지 않고 오직 하나
바람에만 순종하는 억새꽃

빈 숲의 뒤안길에서
은발을 날려 길손의
마음을 달래주며 손 흔들고

늙어서는 더 따뜻하게
솜꽃으로 피어나
냉기를 덮어주는 억새꽃

봄에 머리 들고 나오는
생명들을 마중하고
흙으로 돌아가는 무욕의 삶

부산하게 쏘다니던 꽃길
이제 지우며 세월 앞에 선
억새꽃을 살포시 껴안는다

등 굽은 세월

해묵은 노송의
등 굽은 바람 찬 세월에
가슴 아린 설움이 깊어
노을빛에 스러져 눕고
가을은 무르익네

잎새에 우는 바람은
허공 노을에 뒤흔들려
빗겨 내리는 그리움에
노송의 시린 몸서리는
숨가쁨으로 차오른다

올빼미족들의 애환

새벽 4시경 교회 가는 큰 길옆
나이트클럽 주변엔
낡은 승합차를 사무실 삼아
세워놓고 취객들을 기다리는
대리기사들이 늘어난다

삼삼오오 모여 커피로
잠을 쫓으며 사람들의
휘청하는 모습을 살피지만
불안정한 이 상황에 만만히
취할 이들이 어디 그리 많을까

구세주 같은 취객들이 부르는
소리는 감감하고 젊은 가장들
가슴에 불덩이를 담는다
몇 푼이라도 들고 들어가야
가장의 체면이 설 텐데

무심한 시간은 아침을 향하고
고단한 삶들은 여기저기

가쁜 숨을 토해낸다
새벽 예배드리고 오는 길에
다시 마주친 기사들

제법 서늘한 날씨인데
편의점 밖 의자에서 컵라면
안주 삼아 소주잔을 기울이며
이젠 그들이 취객이 되어
횡설수설하며 새벽을 흔든다

속절없이 흘러가는 시간
새벽 찬 바람에 놓인 이들
걷힐 줄 모르는 시름에
허물어져 가는 어깨를
고단한 삶이 내리 누른다

고양이에게 생선을

얼마를 더 속이고
가리려 하였던가
참으로 몹쓸 사람
그로 인하여 더욱
가엾어지신 할머니들

입으로는 할머니들을
사랑한다고 말하며
행동은 먹거리를 얻으려
그물을 짜는 독거미 같았다
너무 많이 가진 정치꾼
그녀가 할머니들의
아픔을 알면 얼마나 알까

할머니들을 볼모로 잡고
자기의 욕심을 채운 것
눈에 보이는데 속이니
언제까지 속을 줄 알았나
먹거리를 찾는 굶주린
승냥이의 모습으로

나라꼴이 이 모양이니
일본에게 이제껏 휘둘리고

참으로 억장이 무너진다
비단 보자기에 포장한
거짓 사랑 거짓 충성의
보따리는 연신 터지고
썩은 냄새로 가득한 그녀
추앙받던 정치 도박사

욕심은 바벨탑보다 높고
자비의 손길은
살얼음보다 얇으니
기댈 곳 없는 할머니들을
상대로 욕심을 채울
수단으로 삼았던가

고양이한테 생선을
맡긴 꼴이라니
어찌 그 죄를 모면할까
할머니들도 한때는
꽃이었는데
일본 군화에 짓밟힌
이 아픈 역사 앞에
변신 못하는 양심에게
분노 조절이 안 되어
한 마디 던져본다
다수의 또 다른
변신 못하는 양심들에게도

은총의 가을 장미

장미의 계절은 지났는데
한 자락 구름머리에 이고
귀뚜라미 모닝 음악회로
영혼이 속삭여 드는 새벽

가을 장미로 피어나서
충만한 계절이 웃음 짓고
향기로움을 토해내니
소록소록 행복이 쌓이네

흔들리는 가을바람에
한 아름 차오르는 빛으로
곱디고운 가을 장미는
내 가슴을 휘감아 잡는다

바스러진 추억

가슴 속에 담아 두었다
그나마도 잊었던
비밀을 누설하려고
숨죽이고 있던 가을이
빛바랜 책갈피에서
닫힌 문 열고 나왔네

수줍던 단발머리
떨어진 단풍잎 주워
시집에다 곱게 눌러서
서리 국화 지기 전에
서울 까까머리에게
보낼 편지에 붙여야지

야무진 마음은 들키어
한 발짝도 못 가고
두 발짝 물러서 버린 꿈
이제 낙엽의 나이에
해묵은 책갈피에서 나와
손대니 부스러져 버리네

코스모스 사랑

사랑 빛 곱게 빗어 입고

가을이 익어가는 들길에

꽃단장하고 나와서

임 오시려나 기다려도

아린 사랑은 오시질 않네

골 깊은 가슴 활짝 열고

아름다운 불씨 하나만

남겨주고 떠나간 임은

사랑보다 진한 그리움으로

옹이진 가슴만 헤집는다네

억새꽃 닮게 하옵소서

가을바람 등지고
고개를 숙여도
외로워하지 않는
억새꽃 닮게 하옵소서

만드신 분께 순종하며
꾸밈도 향기도 없지만
길손의 눈길 머무는
억새꽃 닮게 하옵소서

가을바람 서늘히 불면
은발 멋지게 날리며
손 흔들어 인사하는
억새꽃 닮게 하옵소서

하얗게 달빛 내리는
밤이면 흰 눈처럼
세상의 허물을 덮는
억새꽃 닮게 하옵소서

가을이 가고 겨울이 오면
내년 봄 머리 들고 나올
새끼들의 자양분으로
몸을 내주고 조용히 눕는
억새꽃 닮게 하옵소서

산정호수

감청색 비단 바람이
호수에 내리 앉아
분량을 늘려 흔드니
선잠을 깬 호수는
잔물결에 촘촘히 박힌
윤슬로 화답하네

코끝으로 전해오는
노송향에 취하고
빛 부심은 가득한데
호수에 한가롭게
발 묶인 오리 배로
아픈 현실이 보인다

천년세월을 하루같이
호수를 내려다보는
명성산의 두 봉우리는
유순한 어머니의
젖가슴처럼 모진
만고풍상을 이겨내네

억새꽃의 몸부림

달려드는 바람에
온몸이 찢어지고
통증으로 저려와
말뚝잠을 자면서
아픔 한 모퉁이에
주저앉은 억새꽃

하얀 달빛 내리면
그래도 바람결에
빗질하고 일어나
은빛 사랑 다듬고
기억에 멀어진 임
기다리는 억새꽃

* 이 시의 소재는 다문화 가정에서 폭력을 못 이겨 쉼터에서
상담을 한 가정에 사연을 소재로 한 시입니다.

시와 오선지

가슴과 가슴으로 이어지는 시

메마른 땅에 봄비처럼 잔잔히

여름의 소낙비처럼 굵게 빠르고

소슬한 가을바람처럼 시원하게

오선지 위에 내려앉아 높고 낮게

짧게 길게 건반 위에 춤추는

사단계 리듬이며 멜로디여라

건반 위에 감성을 두드리는 선율

봄비에 꽃망울 터뜨리는 소리

첫사랑 임 보듯이 설레는 마음

새벽녘에 어둠을 밀치고 들어선

햇빛같이 밝은 리듬과 멜로디는

오선지 건반 위에서 잘도 노닌다

* 이 시는 제가 작시자로 처음 음악회가 열린 날 쓴 글입니다

글이 고픈 밤에

날마다 소모되는 생명줄을
늘린다고 길어질까
당긴다고 짧아질까
독버섯이 자라는 세상에서
비굴의 가면을 쓰고 살다가
낮에는 사상누각을 짓고
밤에는 허물며 살아간다

겨자씨만 한 재능을 믿고
감히 시를 쓴다고 했다
시인이란 말도 낯설지도 않아
제법 만선의 부픈 꿈으로
출항하여 바다 가운데까지
와 보니 덜컥 좌초될 것 같은
마음에 형벌을 체험하게 된다

여러 갈래의 뒤엉킨 말들이
서로 갑갑하다 꺼내 달래도
정수리 끝에서 뭉그러져
못 나오니 시인의 이름에

책임을 질 수는 있으려는지
읽는 이들보다도 스스로
부끄러워 밤을 뒤척인다

헛불을 지펴놓고 쬐고 있는 꼴
어찌 따뜻하게 덥혀올까
싸늘한 냉기가 등줄기에 흐른다
차라리 내 몸을 태워야 할
열병이 되려는 듯 몸은 더운데
닫힌 언어는 언제쯤 나와
넘치는 아쉬움을 달랠까?

내다 버릴 세 마리 개(犬)

오늘은 내가 기르던
개(犬) 세 마리를 과감히
버릴까 합니다

그동안 끌고 다니든
목줄만 풀어놓으면
도망갈까요?

아무래도 그리 쉽게
도망갈 개(犬)들이
아니겠지요

정 들여 끼고
살아온 세월이
수십 년인데요

어찌할까요
버리지도 못하고
나가지도 않을 거라면…

아하!
십자가 애견 훈련소에서
나쁜 버릇을 고쳐볼까요

성질 까칠한 선입견
성격 사나운 편견
쓸데없이 분주한 참견이

모두 십자가 훈련소에서
훈련하여 버릇 고치고 오면

선입견은 믿음이로
편견이는 소망이로
참견이는 사랑이로

이름부터 개명하여
평생을 보듬고 살아야지요

함께 가야 할 인생길에서(1)

빈 들판에 허수아비같이
힘도 없는 몸인데
오고 가는 인연이
피고 지는 꽃처럼 많다
마음만은 청춘이어서
종횡무진 달리다 지쳐서
주저앉았다 일어선다

대나무가 모진 광풍에도
꺾이지 아니하고
꼿꼿이 버텨감은
저마다의 마디가
있기 때문이라는데
나는 그 마디 만들기가
버겁다고 투정을 한다

더 살아내야 할 생명이
한 뼘이 남았더라도
맺어놓은 인연들을
잘라낼 수는 없으니
마중물이 되어 살아갈
사명이 남았다면
힘내어 다시 일어서야지

백석천의 이야깃거리

가로등 불빛에 비치는
들풀들의 그림자가
내 발길에 밟혀 부서진다
새벽안개 속에서 서서히
일어나 몸을 여는 가을꽃들

간밤에 별들이 놀러 와
백석천이 마음에 들어
눌러앉아 꽃이 되었나
언덕배기엔 빨간 유홍초가
별 밭을 이루었네

여름내 햇빛을 도둑맞고도
어려움을 이긴 착한 생명들
금빛 날개로 덮쳐오는 새벽
언덕 넘어오는 갈바람에
파르르 요동치며 핀 나팔꽃

구름 몇 조각 떠다니는 하늘
어느 구름에 비가 또 있을까?
불쑥불쑥 일어나는 두려움
구름과 바람은 흘러가는데
목덜미를 휘감는 감촉이 차다

제2부

바람 앞에서

산국 피는 계절에는

냇가를 병풍처럼
두르고 있는 언덕바지
길도 없이 찾아온 갈바람에
샛노란 산국이 피어
그윽한 향을 뿜어내네

꽃잎을 흔들고 가는
미풍의 자취 속에서
가슴 안에 파묻고 살았던
사랑을 캐내어
잔물결 같은 보드라운
가슴으로 품어 않는데

떠나 기별도 없던 임은
무심한 자국을 남겼어도
노랗게 물든 산국향이
속 살 깊이 흐르는 가슴에
그냥 눌러 살자 하네

정 없는 밤비

콩을 키질하는 듯한
굵은 빗소리에 잠이 깼다
가을을 휘감아 떨구는 비
원망스럽다고 말하기도
너무나도 지친 나날들이다

아픈 농작물의 신음과 같은
빗소리가 가슴을 헤집으니
열망의 줄기마다 뒤엉킨
삶의 한 켠에 뜬눈으로 새울
농심들은 이 밤이 얼마나 길까

들을 지키는 파수꾼처럼
새벽 갓 밝기를 기다려
흙냄새 맡으며 사는 것을
천직으로 알아 기뻤다던 친구
이제 남은 건 아픈 몸뿐이라네

굽어진 허리에 껄끄러운 손
참담하고 아름다운 순리에
순응하는 과수원 댁 친구 생각에
마트에서 사 온 햇배를
친구의 얼굴인 양 쓰다듬는다

동행

늘 외로움으로
배불렀던 내게
그대와의 사랑은
처음이며 끝인
아름다운 동행이며

입술은 닫아둔 채
마주만 보아도
마음까지 보이는
사랑의 정설이요
진실한 대화입니다

보이는 것 너무 많아
그대 안 보일까
눈을 감으면 오히려
또렷이 보이는
벅차오르는 희열이요

세상 어떤 고난도
온 힘을 다해
원망도 미움도 없이
참고 견뎌낼
아름다운 동행입니다

하늘이 아름다운 날에

물비늘에 박힌 햇살이
어찌 이리도 아름다울까
하늘이 내려와 강물에서
거품 목욕을 하며 놀고
무량한 마음 되어 바라보네

흔드는 가을바람에
채색된 강물의 색깔이
내 눈동자까지 물들여
종잡을 수 없는 희열에
세월에 잡힌 손을 놔 준다

두둥실 떠가는 구름이
모든 잔상을 덮어 버리니
길게 누워 흐르는 강물에
키를 재던 욕심도 보내고
한 소절 노래를 부른다

그간의 모든 어려움들
마음의 초연한 아우성까지도
기억조차 부딪치지 못하게
다독여 잠재우는데
구름에 세월도 업혀 간다

바람 앞에서

찬 내음을 풍기며
바람이 앞산을 맴돌다
콘크리트 숲까지 내려와
창문을 흔들고 긁는다

움켜잡아 보아도
잡히지도 않는 바람에
얼마나 더
휘둘리며 살아야 하나

삶의 허공을 무시로
드나드는 모진 바람에
아픔을 복습하고 사니
감각도 둔화되어 간다

계절이 모두 으깨고 간
허탈과 무력감이
결박처럼 죄어들어도
내 던질 수 없는 소망

바람의 시계추에 매달린
우리네 인생
계절의 타종 소리 들으며
헛된 동요 없이 일어서리라

황혼의 뒤안길에

한 치의 치수로도
미리 잴 수 없는 삶을
이제껏 살아왔지만
내 기억을 더듬어
처음 당하는 일들로
안갯속을 헤매네

그간 살아온 세월이
오월의 장미꽃처럼
화려하진 못해도
고절한 구절초처럼
향기가 정갈한
삶이기를 원했다

갈무리할 몸으로
처음인 것이 너무 많아
채운 것도 비워가며
덧없이 살자 했는데
이보다 얼마나 더
참으며 견뎌야 하나

이리 살다가
불이 꺼진 질화로에
온기가 식어 가듯
세상 인연의 촉수에
불이 꺼지는 날 나는
무슨 자국을 남겨놓까

내 가는 길에 누구라도
아련한 눈빛으로
그만하면 잘 살았어
아슴한 그리움 지우며
전송해 준다면
아무 여한도 없으리라

아버지

좁힐 수 없는
세월의 간격에도
가을빛이 짙어지니
한 줄기 그리움이
가슴을 타고 흐릅니다
메밀꽃이 한창 필 때
하얀 그리움을 남기고
하늘나라로 거처를
옮기신 내 아버지

짧은 해 걸음 길에
학교에서 돌아오는 딸이
낙엽의 바스락 소리에
행여 놀라기라도 할까
언덕마루에서 아버지는
늘 기다리셨지요
그때 등에 업혀 오며
느꼈던 따듯한 아버지의
숨결이 몹시도 그리운 밤

결코 잊지 말아야 할
아버지의 사랑을
잊고 살았음이 슬퍼도
그 사랑을 끝내 못 잊어
아버지의 서랍에서
사탕을 찾아냈던 날처럼
사색의 하얀 잿더미에서
아버지와의 달콤한
추억을 뒤적입니다

새벽 산행

하늘 창문이 열리고
어둠 저편에서
빛이 새어 나온다
새벽이 없는 밤이 없듯이
나도 밤을 가로질러
새벽을 맞아 드린다

외로운 섬처럼 떠 있는
새벽달도 인적 없는 산길을
배회하는 이 시간
어두움은 부서져 가고
나도 내 생명의 가치를
상승시키려 속도를 낸다

산이 내게로 올 수 없으니
내가 산으로 왔고
내 좁은 가슴으로
하늘을 품을 수 없으니
하늘이 내게로 안겨와
신비의 전류를 흐르게 한다

기뻐도 슬퍼도
주억거리며 날아가는
새 한 마리처럼
나의 진실을 곱씹지 말고
흘러가는 세월 앞에
편히 쉬도록 풀어줘야지

수크령의 추억

장마로 웃자란 수크령이
여우 꼬리처럼 쳐들고 있는
풀 숲길은 새벽이슬도
채 마르지 않았었다
치마 밑단을 적시며
종종걸음으로 늘
학교 가는 길은 급했는데

어느 짓궂은 손이
수크령 긴 잎을 마주 묶어
덫을 놓은 것을 모르고
급히 걷다가 걸려 고꾸라지니
하얗게 다려 입은 교복은
풀물 흙물 다 들어 그대로
집으로 돌아올 수밖에는

내일 결석계 써낼 걱정으로
들어오는 딸의 몰골을 보신
어머니는 책망부터 하셨다
다 큰 것이 왜 넘어지냐며

부주의만 탓하시다가
딸 바보 아버지 납시니
어머니 말씀은 사그러지신다

딸 말을 들으신 아버지
행랑채 김 서방 앞세우고
낫 든 걸음이 급하셨다
순식간에 수크령 풀 숲길은
훤해지고 까까머리들
장난 거리 하나가 줄어들고
치마 밑단도 다시는 젖지 않았다

오늘 백석천을 걸으며
수크령 풀 숲길을 만나니
아버지 어머니의 모습이
교차되어 스쳐 지난다
풀숲에서 넘어진 것도
장난꾸러기 악동들도
모두 그리운 추억들이다

꿈으로 채워진 가을을

만취한 이웃집 아버지처럼
비틀거리며 발로 차고
집어 던지고 머리채 잡고
휘휘 돌려 팽개쳐 상처 입히고
만신창이 된 몸 굴신도 못 해
마음조차 구겨져 메마른데

술 깨고 안면 바꾼 모습
인자하고 평화롭기도 하여라
깨지고 부서진 마음에
선물이라며 넌지시 건네는
청잣빛 구름무늬 스카프에
활화산 노여움도 사라지네

은은히 나누던 해 같은 미소
그 옛 모습이 너무도 그리워
감돌아 온 길이 험하였어도
이제는 넉넉한 가을 들판에서
감사로 가을걷이를 하는
환희의 만종 소리를 듣고 싶네

폭풍이 지난 자리에서

폭풍으로 떨며
온밤을 지새운 몸
모진 낮 바람에
숨소리 고르며

푸시시 아픈 몸으로
울며 매달리지만
돌아보지도 않고
후려치는 비바람

초록이 넘실대던
옛 흔적은 간곳없고
넘어진 푸르른 꿈은
너무도 가슴 아픈데

헝클어진 마음은
야속함에 눈물겨워도
무심한 하루해는
말없이 서산을 넘네

상사화(꽃무릇)

몽매간에 그리운 임
주홍빛 화관 쓰고
구름 등 타고 왔건만
보일 듯 보이지 않고
잡힐 듯 잡히지 않아
그리움은 바람 따라
길을 잃고 헤매네요

불 덤불 같은 정열
차마 못 견디어
줄달음치는 화살처럼
임 향해 달려온 마음
흔들리는 눈빛은
빨갛게 젖어 드니
바람마저 흐느낍니다

그리움은 노여움 되어
옷섶에 눈물 가득 담고
무정한 님의 가슴에
한 땀 한 땀 수놓아
아픈 사랑의 주홍 글씨
새겨 드리오니
이 몸의 어여쁨을 잊지 마소서

봉숭아 꽃씨를 받으며

다크브라운색 알맹이들
겨우내 땅속에 묻혀
숨죽이며 기다리다가
하늘과 땅의 기운 받아
속살은 썩어 허름한
겉옷 벗어 버리고

다시 살린 생명
연둣빛 고운 옷 입고
세상 구경 나왔네
모진 고난 이기고
줄기 살찌우고 잎을 늘려
붉은 꽃들을 피우더니

꽃들은 열 손톱 위에
제 몸짓 이겨 붉게 피어나
날개 달고 날았는데
밀고 나오는 세월은
열 손톱 위에
초승달도 뜨게 했네

생명 싸개에 싸여
사랑의 씨앗은 여무니
받아 잘 말려 두었다가
내년 봄에도 알맹이들
숭고한 삶 이어져
이렇게 자손만대 이으리

벌개미취 꽃

가녀린 벌개미취 꽃
바람이 흔들면 흔드는 대로

하루하루 생명이
빠져나가면 나가는 대로

저린 가슴 내맡기는 것이
어찌할 수 없는 숙명인데

잔인한 폭풍에 구부러지고
엎어지며 지쳐버린 밤

달려오는 세월 탓에
아쉬운 사랑은 몸부림 친다

낡아진 추억의 모퉁이에
연보라 꽃물결 일으키며

스치는 바람에 꽃잎들은
기억 저편으로 멀어져도

쓴 나물 같은 몹쓸 그리움은
이 밤도 창포원에 머물겠지

초가을의 죽단화

강풍이 길길이 뛰어
야들야들한 버들가지는
어지럼에 멀미하는
탈도 많은 초가을에

귀뚜라미 젖은 날개
무겁다며 밤새 울어대고
먹구름이 달도 해도
삼키어 어두운 날이 많은데

죽단화 너는 어쩌자고
가을 문턱에 피어나
세찬 비바람에
자지러지게 매를 맞니

시절이 하도 흉흉하니
가슴마저 냉각되어
뒤엉킨 삶 속에
계절 분간이 어렵더냐

너와 함께 핀 사과 꽃은
열매 맺어 빨갛게 익어
꿀 담은 몸으로 마트에서
귀한 몸으로 대접받더라

만취한 주정뱅이처럼
비틀거리는 시절에
어디 너만 정신이 없더냐
울 넘어 자목련도 피었던데

가우라의 아침

어둠이 흔들고 간
가늘디가는 가지는
밤새 이슬을 포옹하고
가지런히 매달은 꽃잎들로
살아있는 이유마저
감사하게 한다

눈물 많고 숨이 가쁜
계절이라도 가득한
호기심으로 피워낸 가우라
바람 따라다니는 구름에
행여 비를 담았을까
두려워 바라도 못 본다네

만드신 이가 운영하는
구름과 바람은 펄럭이며
내 등 뒤로 넘나들더니
초대하지 않은 비는
바람에 일렁이며 내려
가우라의 허리에 걸친다

꽃 그림자 감추는 가우라
어서 가라며 재촉하는 듯
헝클어지는 마음은
하늘을 바라보며 한 마디
참 어지간두 하시네요

댑싸리의 변신

잡초처럼 태어나
채소밭 귀퉁이에
천둥이처럼 자라
가지들 모질어지면

날 선 낫에 베어져
칡넝쿨로 꽁꽁 묶여
흙먼지 뒤집어쓰고
마당 쓸던 댑싸리

나일론 빗자루
등장하니 슬쩍 밀려
기억도 아득한데
아니 이게 웬일이냐

맑게 갠 꽃구름 아래
때때옷 입은 댑싸리
길손들 눈길 잡아
신분 상승 뽐내고

비단 바람 내려와
댑싸리의 봉긋한 몸
얼싸안고 춤을 추니
가을빛도 무르익는다

전설이 된 개똥참외

수줍음 많던 소년
담장 밑 응달 풀숲에서
어느 변에 담겨와
생명의 뿌리를 내렸는지
개똥참외 싹 발견하고는
신이 난 태봉이는 자기가
맡아 놨다며 말뚝 박아
새끼줄을 쳐 놓았었지

개똥참외는 맡아 놓은
사람이 임자라며
그 근처 파수꾼 되어
물 주어 정성으로 가꾸니
앙증맞은 노란 꽃들 피고
조롱조롱 아기 참외들
매달려 자라나니
태봉이의 꽉 찬 여름

말수가 적던 수줍음은
참외가 용기를 주었나

참외 익으면 제일 먼저
나에게 따 줄 거라던 태봉이
개똥참외 단내 배어들고
노란 황금빛이 진해지니
태봉이 가슴에 분홍빛
짝사랑도 익어만 갔는데

어느 아침나절에
동네를 흔드는 울음소리
어느 밉고 무정한 손이
태봉이가 여름내 정성들인
참외를 똑 따가 버렸으니
모두가 도둑으로 보여
태봉이의 꿈 많던 여름은
소낙비 내리고 무너졌다

참외도 잃고 짝사랑에게
면목도 없어진 태봉이
그만 홧김에 길게 뻗은
참외 덩굴을 뽑아 버렸다네
세월도 가고 순정도 가고
태봉이의 여름 이야기는
한 시절 전설이 되었는데
그는 노인 되어 어디에 살까

초가을의 독백

장마의 지친 날들에
신음처럼 들려오는
잔 꽃들의 숨소리가 안타깝다
마음 적시는
그런 사람이 있다면
이웃하며 살고 싶어진다

영혼이 맑은 이가
커피가 그립다며 만나
가치 있는 언어로
말벗을 해줄 때에
그의 진실에 내 마음을
반사하고 싶어진다

농도 짙은 우울한 마음을
위로받고 싶을 때
느닷없는 바람처럼 와서
먹구름을 걷어내 줄 이가
있을 때 내 마음 모두를
내어 주고 싶어진다

세상이 잿빛인 지금을
밝은 빛으로 보이도록
나도 누군가의 의지가 되는
미덥고 든든한 사람으로
이웃하여 살아주고 싶은
비요일의 객쩍은 독백

여름 끝의 자화상

생명의 심지에
남은 기름으로
어둠보다 더 진한
혼몽의 창을 밝힌다

사랑도 미움도
정지된 듯한 세상에
나만이라도 서투른
사랑을 연주하려다
지쳐 주저앉는다

아름다울 수 있었을
계절들이
원망으로 채워져
가슴 무너지는 소리로
뒹굴고 있으니

지친 마음을
견제하려는 생각은
마른 가슴으로

헤집고 들어와서
둥지를 튼다

세월 지나 어느 여름날
작달비 내리는 소리에
망각의 부싯돌로
이 여름의 기억을
태울 수 있으려는지

시 농사

세월에 떠나보낸
꿈의 끝자락에
삶의 무게를 얹고

다부진 열정으로
이랑 일구어
늦게야 뿌린 씨

햇빛과 비를 힘입어
정성을 기울이며
경작을 해 보나

발아의 현장에 나온
변변치 못한 어린 싹은
보일 듯 말 듯 하니

어느 세월에 꽃피고
생명을 품을 열매를
맺을 수 있을런지

핏발선 눈으로 살피니
간신히 맺은 풋열매
영글지 못해 시고 떫다

한없이 망설여지는
시 농사꾼의 넋두리
이걸 갈아엎을까

아니 설익은 거라도
익어가길 기다렸다
따서 맛이라도 볼까

어지러운 뒤안길에
허기진 농사꾼은
주저앉아 푸념만 는다

제3부

해바라기 순정

가을이 오는 소리

화끈대는 몸을
자꾸 끌어내
식히려는 바람에게

아직은 꽃불 놓고
불놀이 더 하자
칭얼대는 여름

초록 휘파람
더 불고 싶다며
나뭇잎에 매달려도

구름 색도 바뀌고
빗물도 말라가며
부서져 가는 여름

가을이 오는 소리
누가 알까마는
매미 소리 땅에 묻고

귀뚜라미 노래하며
풀잎에 이슬 맺히니
가을 운치 아닐까

지상 한 귀퉁이
하늘 한 모서리에
가을이 번져간다

여름을 보내며

여름의 그림자
저리 못 가 지척이고
상처 난 꼬리를 잡고
작별 인사가 긴 가을

곳간 열쇠 넘겨주고
가기가 아쉬운가
가을의 언저리를
맴돌고 있는 여름

아파 절룩거리는
부상병으로
보내기가 괴로운
가을의 마음을 알까

펑펑 눈물 쏟으며
떠나는 여름을
보내놓고는 간신히
식은 몸을 디미는 가을

미웠던 세월까지도
그리움일 때 비로소
가을이 제대로
자리를 잡은 것일 텐데

아침 이슬처럼

왜 이리 되었을까
괜스레 연민이
수증기처럼 서려
실없는 눈물이 흐르니
산에나 가서 습기를
보태주고 와야지
나선 걸음에
애련이 곱씹힌다

산 숲에는 거미들이
비단 그물을 짜
물방울을 매달았는지
물방울에
그물이 묶였는지
조롱조롱
보석 목걸이처럼
영롱하게 빛을 낸다

뜨거운 빛이
바람에 업혀 오고
거미줄에 묶였던
목걸이는
누가 걸고 갔나
빈 그물만 남아있는데
나는 세상에 묶이려
다시 내려간다

흰 독말풀(악마의 나팔꽃)

바람개비 봉오리
날개를 활짝 펼 때
첫눈에 반해버린 나
악마의 나팔꽃

꽃이라면 누군가
사랑 이야기도
이별과 만남을
노래해 줘야 하는데

네가 한없이
가여워지는구나
이리도 깨끗하고 고운데
악마의 나팔꽃이라니

너와 눈 맞춤하니
웃음과 울음을 동시에
지어낸다 너는
슬픈 모습으로

비록 빛을 싫어하여
독을 품고
어둠에 필지라도
나는 너를 사랑한다

그러니 네 이름을
개명해 주겠어
문 플라워라고
밤에 피는 꽃 야화니까

박주가리의 유혹

박주가리가 하는 말!

누가 눈여겨보지도 않는
후미진 곳에 뿌리를 내리고
이리 산다고 얕보지 말아요
함께 어울려 살아야겠으니
기대게 등 좀 빌려줘요

매달리고 깍지 끼고 업어달라며
염치도 상실한 박주가리
귀찮아하는 나무에게 말하겠지

조금만 참아 봐요
내가 끝내주게 보답할게요
솜털 보송보송한 베이지색
꽃이 조롱조롱 피어나면
내뿜는 향기는 안 맡아 보면
몰라요 샤넬이고 뭐고
뒤로 자빠진다니까요

모르는 이들은 몰라도
아는 이에겐 내가 아주
귀한 몸이라네요
내가 글쎄 변강쇠도 흠모하던
뭐 뭐 그런 거 있잖아요
참 남사스러워서…
이만하면 매달려도 업어 달래도
참을 수 있지요

고혹적인 웃음과 향기로
배배 꼬며 유혹해 봐도 역시나 관심도 못 받는 박주가리
이 여름이 가기 전
나 좀 바라봐요 하지만
역시 모르는 이들은 모르니

더 자세히 알아보고 싶으면
꿈에서라도 허준 선생님을 만나봐요
상세히 가르쳐 주실 거예요. 아마도…

창포원에 여명이 깃들 때

폭우가 들소 떼처럼
짓밟고 간 자리에
화려한 시절을 접은
쓰러진 마른 꽃대들이
어슴푸레 보이는데

밤을 밀친 여명이
황금 옷 입고 들어서니
매미와 잡새들은
모닝 음악회로
창포원을 깨워 흔든다

초가을 하늘 밑에
벌개미취의 꽃물결이
햇살을 품어 않고
연보랏빛 바람을 마시려
폐활량을 늘린다

구름이 두둥실 하늘에
숙련된 새들이
포물선을 그려내는데
꽃바람도 언덕을 넘고
덩달아 시향도 넘친다

어머니

어머니 내 어머니
저리고 아픈 육신
고스란히 풀어놓으시고
맨살에 하얀 천 얼굴까지
덮으시니 이제는 편하시지요

애지중지 키운 딸
안 내키는 시집보내시고
켜켜로 껴입어도 추우셨고
먹고 마셔도 허기진 삶을
살아오신 내 어머니

입혀 드리고 싶은 옷들도
맛난 음식도 늘어나는데
모두마다 하시고
마음마저 벗어주고 가시니
통한의 눈물만 뿌립니다

이젠 어머니의 환영은
하얀 모시나비 되어
제 검은 상복 앞섶에 매달리고
불효한 딸의 가슴에는
얼음조각만 켜켜이 쌓입니다

해바라기 순정

달빛이 유혹해도
정말 안돼

별빛이 단 이슬 줘도
나는 싫어

황금 드레스 입고
임 오신 길 마중하네

온몸으로 피워내는
살가운 님의 손길

덩달아 신이 나는
청신한 임의 호흡

묶어 둘 수 없는
시간이 야속하여

물색없는 눈물방울
들킬까 감추며

이 밤은 가더라도
내일 새벽 오리라는

그 믿음 하나로
무서운 이 밤을 견딘다네

생명의 신비여

지난 가을 입던 코트
봄이 되어 입으려니
주머니에 풍선 초 씨앗들
겨울잠 자고 있었네

씨앗 심고 싹을 내고
자애로운 주인 눈길
초능력의 혜택을 받고
의기양양 자라더니

어쩌나 귀여운 풍선
바람이 흔드는 것인지
내 마음이 흔드는지
하늘 아래 동실동실

가만히 귀 기울이면
들릴 듯한 방울 소리
생명의 신비로움은
가슴으로 스며든다

홀로 가는 길

합죽선의 부챗살 접어
바람을 못 냄 같이
세상 삶을 접은
친구의 영정 앞에 서니
만감이 교차한다

나도 빛바랜 들녘에
목 구부러진 허수아비처럼
황량하기만 한 마음에
그간의 해 묵은 연륜이
매달려 흔들린다

모두 두고 떠날 것을
그리도 애써
공든 탑을 세웠는지
죽음의 끝을 모르는 듯
하나같이 그리 산다

무관할 수 없는 죽음
빗줄기조차도 바람에

갈 바를 몰라 헤매이고
텅 빈 내 가슴에도
안개비가 뽀얗게 내린다

손 내밀어 잡아 봐도
잡힐 것 없는 바람에
스치듯이 지나는 날들
이젠 꼭꼭 싸매놨던
마음 보따리 어디서 풀까

함께 가야 할 인생길에서 (2)

피고 지는 꽃처럼
내게도 오고 가는 이들
타작마당에 볏단 같은 몸이
마음만 청춘이어서
종횡무진 달리다
주저앉고 다시 일어난다

꼿꼿한 대나무가
모진 광풍에도
꺾이지 아니함은
저마다의 마디가
있기 때문이라는데
그 마디 만들기가 버겁다
이 몸은 투정하네

더 살아내야 할 생명이
한 뼘이 남았더라도
맺어놓은 인연들을
잘라낼 수 없는 아픔에
나의 방파제이신 분께
힘 주시옵소서 매달리며
오늘도 다시 일어선다

기대어 일어서야지

산발한 미치광이처럼
변장하고 날뛰던 수마가
이젠 지칠 때가 되었나
먹장구름 속에 숨었던
해가 인사하자 내민 얼굴

그 얼굴 언제 또 변할까
차마 바라도 못 보고
뒷발꿈치 들고 쉿
살얼음을 밟는 듯한 마음
조심조심 그림자만 밟는다

확신에 찬 걸음으로
천리만상에 마음을 주며
환한 여름을 꿈꾸었는데
소망의 길에서 너무 멀리
벗어났으니 어찌 할까

극도로 무기력해진 마음들
그물에 걸린 물고기처럼

상념의 비늘만 번뜩이며
결박된 의지마저
일어설 힘을 못 낸다

이 지구의 어두운
저주가 차단되고 불안한
악재에서 벗어나서
풋풋한 일상으로 살아지길
바라는 마음은 손만 모은다

수마가 할퀴고 간 자국을
바라보는 몸과 맘들은
망연자실하여도 함께
의문부호 하나씩 지우며
기대어 일어서야지

그리고 다시 파랗게 돋는
힘줄마다 힘을 내어 유배지
코로나 19에서도 탈출하고
빼앗긴 계절도 다시 찾아
희망의 나팔을 불어야지

나무수국 앞에서

생각만 하여도
허기진 해 걸음에
밥 짓는 냄새가 나는 임
사랑하는 그대가
나를 통해 가질 수 있는 것
모두 다 내어 주고 싶네

나의 사랑이 작아서
볼 수 없다면
나의 사랑이 모자라
느낄 수 없다면
아직도 나의 사랑이
부족한 까닭이겠지

아흔아홉을 가진
그대라면 내가
그 하나를 채우는
보조 배터리가 되어
완전한 사랑을
만들어 주어야지

걸림돌은 다듬어
디딤돌로 만들고
꿈의 다리 놓아가며
하얀 부케 들고서
축제의 그곳으로
행복하게 건너가려네

잔인한 여름

한 줄기 빛도
매달리지 않은 하늘을
불안스레 보는데
불량배 같은 회오리에
아수라장이 된다

코로나로 멍든 가슴
부서지는 갈등에
깊은 상처도 못 이겼는데
갈 바를 못 찾는 계절로
의지마저 쓰러진다

이 밤도 짓누르는
하늘이 당혹스러워
옹이 진 불안한 마음으로
동서남북 방방곡곡에서
떨고 있을 농심들

여름이 반란하며
쏟아내는 잔인하고
사나운 괴물의 질주로
나조차 천 개의 말이
숨바꼭질을 한다

불면의 밤

내 마음의 날개는
폭풍이 지난 언덕에서
다시 일어서려는 들풀처럼
끊임없는 날갯짓을 한다

하얀 구름 등 타고 와
꽃잎에 쉬는 나비처럼
마음의 몸부림을 멈추고
평안히 쉬고 싶다

날개는 이리 아픈데
보아줄 이 없는 마음 짓만
허공 속에 퍼덕이며
별빛 숨어든 밤을 지새우네

내 그림의 바탕색은

삶의 텅 빈 도화지에
밑그림 그려놓고
분홍색으로
연둣빛으로
빨 주 노 초 파 남 보
무지개 색깔로 칠하며
고운 그림 그렸네

아름다운 그림 보며
황홀함이 일어나
그림 위에
오선지를 그리고
그 위에 심장의
널뛰기를 높고 낮게
그리며 노래했네

올라갈 땐 푸른 하늘
내려올 땐 고운 꽃들
미술가도 음악가도
시인도 아닌 나는

텅 비워진 마음에
모두를 채워가며
두 손 모아 감사했네

감사의 심지에서
아름다운 불꽃이 일 때
장대 같은 빗줄기 내려
흙탕물에 잠기고
산바람에 무너지니
그림은 구겨지고
빗물에 떠내려가네

백로와 까마귀

우리 곁에 사는 백로는
백석천 냇가에서
늘 혼자 고독한 풍경에
어울리는 그림이 된다

새벽마다 바라보며
버릇으로 백로와
나와는 꽤나 친숙하다고
나만 그렇게 생각한다

늘 고고한 자태로
생식을 먹고 하얗게 살며
울음도 노래도 쉽사리
들려주지 않는다

죽은 고기 먹으며
까맣게 사는 까마귀는
전선줄에서 내려 보며
까악까악 말을 걸어도

너와는 격이 다르다며
시끄럽다 자리를 떠
날아가지만 백로는
어제처럼 오늘도 외롭다

냇물에 설 수 없는 까마귀
전선 줄 위에 못 앉는 백로
그들은 날개만 닮은
어울릴 수 없는 새일 뿐이네

그대뿐이에요

너무 어두워서
몰랐던 길인데
알게 하신 이가
그대뿐이에요

캄캄한 시야를
등불 들고 오셔
환히 밝힌 이가
그대뿐이에요

거센 폭풍 속에
잔잔한 고요를
만들어 놓은 이
그대뿐이에요

동녘의 여명에
찬란한 향연을
함께 바라봄이
그대뿐이에요

안달하는 마음
두려움 조바심
떨쳐주신 이가
그대뿐이에요

온종일 전부를
당신의 것으로
만들어 놓은 이
그대뿐이에요

그 많던 솜틀집은 어디에

밤이슬 많아지는
가을로 접어들면
목화 여물어 몸을 열고
아낙네들 목화
따 드리는 손이 바빴다

볕 좋은 날에 목화송이
앞마당 멍석 위에 널어
벙글어져 부풀 해지면
하늘에 하얀 솜구름도
마당에 내려와
한나절을 놀고 갔었지

대청마루에 삐걱삐걱
물레로 목화씨는 발라지고
목화 보따리 오일 장날
소가 끄는 마차 타고
읍내 솜틀집으로 가서

덜커덩덜커덩 기계 속에

몇 번을 들고 나며
솜사탕처럼 되어 나오면
솜틀집 주인은 편편히
켜켜이 만들어 주었다

별채 시렁 위에서
숨죽이며 기다리던 솜은
과년한 딸 시집갈 날에
원앙금침 속도 되고
지엄하신 시댁 어른
예단 이불 속도 되었는데

화학 솜 기세에 눌리고
구들장 사라지며
속 깊은 이불 속 정들도
실종되었고 저마다
따로 이불 속에 나만의
고집들만 드세져 간다

읍내 장터에 그리 많던
솜틀집들은 어디로 갔을까
객쩍은 생각에 고향집
앞마당이 아련히 보이며
그리움에 젖어든다

나무수국의 사랑

속살까지 하얀 몸으로
새벽을 기다리는 이 시간
저의 몸에 힘주시어
꽃 피게 하시니
늘 밤이 새롭습니다

다 그릴 수 없는
사랑의 빛깔이 모자라
하얗게 피어나는 것이
진실로 그대를 향한
제 사랑의 몸짓입니다

시한부의 삶 속에
잠깐 머물다 갈
남은 시간을 속속들이
새겨지는 사랑으로
모습 이대로 드리렵니다

제4부

축복의 계절에도
아픔은 있다

루드베키야의 수난

밤이 무서웠어요
고개도 들지 못하고
울음도 삼켰어요

고개를 들면 더 많이
아프게 맞을까 봐
그냥 죽은 척했어요

왜 그러시는지요
며칠 전 민트빛 하늘에
솜구름은 어디 두셨는지요

검은빛의 하늘에
숨겨놓은 미소는
언제쯤 보이시려는지요

호령을 잠깐 쉬시기에
고개를 들어보니
이 몰골이 뭐란 말입니까

방글방글 웃는 얼굴이
예쁘다던 이들에게
이젠 감동도 못 주나 봐요

전혀 낯선 얼굴에
눈길도 안 주는 무관심에
잃어버린 모습이 그리워요

까맣게 타는 속만 도드라져
되돌아볼 수 없는 마음은
허무 속에 눈물을 삼킵니다

우표 안 붙인 편지

나의 온갖
소용돌이로 뭉쳐
터질 듯한 마음을
참을 수가 없어
난 날마다 그대에게
편지를 씁니다

그대와의 친숙으로
잠에서 깨어
맨 먼저 그대의
이름을 짚어냅니다

희망을
누르고 조심스레
살아왔던 즈음에
차마 생각지도 못한
기쁨의 실현을
맞게 해 주신 그대

그대의 사랑의

빛 떨기들이 모여
은혜의 기쁨을
맞게 하시니
저는 하루하루가
묘한 감계로 벅찹니다

이 새벽도 그대와
제 영혼 사이에
무선전신을 통하여
우표 안 붙인 편지를
띄웁니다 그대에게

상처 깊은 여름

여름을 찬미하던 숨소리는
청하지도 않은 손님의
광란의 질주로 발가벗겨져
가옥한 상처를 입고
뼈만 앙상한 모습입니다

난데없는 지각변동이
지축을 흔들었고
아수라의 공포 속에
무참했던 한 여름밤은
참혹했습니다

곳곳에 무서운 힘이
흔들고 간 경악스런 모습에
눈을 감고 싶고
들려지는 아픈 소식에
귀를 막고 싶습니다

자연을 제압할 수 없는
나약한 인간들은
청천벽력의 몰골 앞에
신음을 삼키고
매 순간 절대자의
처분을 기다립니다

둥지 잃은 오리들

정든 냇가 눈앞에 두고
바라보기를 얼마나 더 할까
숨 막히는 저 흙탕물
무섭도록 쏟아져 내려오네

이제까지 풀씨 따 먹던
평화롭기만 했던 냇가는
흙탕물 속에 잠겨있고
허기진 배는 어찌 채우리

굽이쳐 쓸려오는 물은
숨이 넘어가게 바쁘고
숨어버린 파란 하늘은
언제나 보이려는지

사정이 야속한 백석천은
흙내음 흠씬 풍기는
성난 얼굴을 좀처럼
감추지를 않고 뒤숭숭하네

머잖아 해는 다시 뜨려니
오리가족들 깃털 말리고
자맥질하는 모습을
내일은 볼 수 있으려는지

풍선 초

고양이 목에 달아준
방울처럼

아이들이 갖고 놀던
비눗방울처럼

동글동글 연초록 바람
가득 담은 풍선 초

살며시 잡고 흔들어 볼까
동실동실 하나, 둘 날아가

금방이라도 뭉게구름
속으로 숨어들 것 같아라

내 삶의 나이테

잘린 나무의 그루터기에서
나무의 살아온 훈장인
나이테를 본다
나무는 해마다 나이테를
늘려 그 가치를 높이고
우리네 삶도 해마다 삶의
나이테 주름을 늘려 가는데

사람만은 그것을 감추려 하여
오랜만에 만난 친구
어느 명의에 손을 빌렸는지
변해도 너무 변한 것을 보며
생소한데 모두 관심이 쏠린다
늙어도 여자는 여자인 거다

사느라 고생하며 찌들은 주름
평생 용납 못 하고 살아온
언짢은 주름은 다 펴서
겉 사람은 젊어졌는데
속사람의 주름은 펴지도

고칠 수도 없는지
병 자랑이 하늘에 치솟으며
아이고고
앉았다 설 때마다 비명이니
세월 앞에 피할 길이 없네
육신의 나이테들은

축복의 계절에도 아픔은 있다

계절 중에
여름은 청춘이다
작열하는 빛깔은
제 색으로 신록의
자화상을 꾸미고
뜨거운 생명에
천부의 본능을 다 하는
은혜의 계절이다

지금처럼 하늘에
먹구름 머금고
뇌성의 울부짖음은
온 천지를 뒤흔들어
호령하듯 비를 쏟아
땅에 커다란 파장을 주지만

자연의 순리를
역행하는 것은
사람들이 물길을
돌리고 깎고 막아서

허물어지고 터지는 것
누구를 탓하랴
모두 우리 탓인걸

이 아픔 중에도
꽃물결 이뤄 계절의
위상을 드높이니
초목은 천지간에
청춘의 계절이지만
이 청춘도
아파야 할 청춘이다

상사화의 슬픈 사랑

춘삼월
도타워진 봄 햇살 받아
언 땅 들고 나와서
젊음의 청년이 되어
사랑도 알게 되어
하루를 천추같이 보고픈
마음으로 임을 기다렸건만

무심한 임은 올 길이 먼가
애달프기도 해라
더는 기다릴 힘 못 내고
유월 폭염에 그만 누워
흙으로 돌아갔네

속절없이 가버린
임 소식도 모른 채
뜨거운 연모의 정을 안고
한껏 길어진 목으로
찾아 왔건마는
그리던 임은 간데없고

임 그리는 애절한
상사몽에 온밤을 새우네

해가 지면 달이 뜨고
달이 지면 해가 뜨듯
만날 수 없는 단사몽은
애달픈 한을 않고
칠월이 되니
상사화 되어 피어났다네

봉숭아 꽃물들이며

봉숭아꽃만 보면
엄마 생각이 나서
떨어진 꽃잎에서 엄마의
추억을 주워왔네요
손톱에 꽃물 들이면
제 마음 엄마 곁에
가까이 갈 수 있을까요

꿈길에서라도
제 봉숭아 꽃물 든
손을 잡아 주고 가시면
너무도 행복할 텐데
얼마나 서운하심이
크시길래
꿈길로조차 한 번도
안 오시는지요

엄마께서
하나님 곁으로 가신
그 시간보다
제가 오 년이나 더 살아도
어린애 마음이 되어
꽃물 든 손가락에서
흐릿한 엄마 모습
붙들려 매달립니다

비 내리는 청령포

비를 맞으며 하릴없이
잠들어 있는 나룻배의
묶인 발을 푸니
선잠을 깬 배는 발끝을
간지르는 강물에
어깨를 흔들어 대며
건너편까지 길손들을 데려다 준다

우산 속으로 끼어드는
빗줄기도 아랑곳 않고
찾아 만난 관음송은
살아온 세월만큼이나
세월의 비밀을 누설하며
비바람은 숱 많은
관음송을 깨워
잎을 쥐고 흔들어 댄다

줄줄이 떨어져 내리는
빗줄기로 샤워한
관음송이 머리를
연신 털어내던 모습과
거친 숨소리는
지금도 들리는 듯하여
내 마음에 가득한
그리움이 되었네

백석 천의 여름밤

잔물결에 가로등
불빛이 촘촘히
박혀 흐르는 냇가에
길들인 고독이
함께 흐르고

가로등 불빛에
별도 달도 숨어들어
흐르는 적막은
안개처럼 흩어지는데
밤을 잊은 야화는
저리 애써 밤샘을 한다

불현듯 찾아오는
불청객처럼
메마른 가슴 끝에
매달린 몹쓸 정은
한 줄기 바람의
미동에도 왜
그리 아파오는지

희빈이 받았던
사약 빛같이 어둡게
짓눌린 하늘에선
흠집 난 영화 필름처럼
빗금을 그리며
밤비가 내리고 있네

봉숭아꽃 필 때면

해 넘어간 마당에
도란도란 이웃들
멍석 위에 정겨웠고
봉숭아 꽃물들이며
생 쑥대 타는 모깃불에
눈물도 많이 흘렸지

엄마 무릎 베고 든 잠은
업어 가도 모르고
장 닭 홰치는 소리에
선잠 깬 눈 비비며
싸맨 손톱을 풀어보면

열 손톱 위에는
봉숭아꽃 피었었지
엄마의 사랑이
빨갛게 물들었었지

그 애는 초로의
노인이 되어 반백 년도
넘은 추억을 소환하여
꽃물 드리려
봉숭아꽃 주워왔네
엄마 얼굴 보고파서

청풍명월

삶의 테두리를
잠깐이라도 벗어나
무거움을 훌훌 벗어 놓고
깃털처럼 날고 싶은 날
바람이 맑고 달이 밝은
청풍호에 몸을 싣는다

기암석에 귀품나는
해묵은 노송들
비취색 물속에 송어들이
활기차게 헤엄치고
바람이 놀다간 자리에
흰 구름 둥둥 내려와
물에서 자맥질하니
숨었던 감각도
스멀스멀 일어난다

닫힌 마음 느슨히 풀고
폐활량을 늘려 맑은 공기
흠씬 마셔 때 묻은
영혼을 헹구어내며
지나가는 현재 속에서
반복의 갈증도
촉촉이 습기로 채워진다

그냥 울어

아무 말도 하지 말고
힘들면 그냥 울어

참는 너를 보는 내 맘도
너무 아파 함께 울래

그렁그렁한 눈물
담아두지 말고
흐르도록 내 버려두자

쌓인 먼지라도 씻기면
한결 가벼워질까?

칠월이 그냥
울고 싶은 날이 많구나

일으켜 주실 분

온종일 내린 비에
곱던 채송화도 분꽃도
고생들을 많이 했구나
목이 아픈 분꽃은
고개도 들지 못하네
아파도 참아야지
별도리가 없단다
밤비에 시달려 몸살 하는
채송화들이 애석하다

분꽃이 내려다보고
키 작다고 놀려대던
채송화는 그냥 누어
일어날 힘을 못내는구나
억지로 일어나려 든다고
일어나지질 않는 것이
생명 있는 것들에
미약함이더라

참고 기다리다 보면

일으키실 분은 너희를
만드신 그분이시란다
빗줄기가 야속하겠지만
그 아픔들이 꽃이 되어
살아있음에 감사해야지
일으키시고 치료할 분은
오직 만드신 그분뿐인걸

황혼의 압박

비 내리는 밤
내 마음조차
한 문제에 얽혀
맑았다 흐렸다 한다
입에 쓴 익모초는
써도 약이 되고
단맛의 초콜릿도
해롭기도 하다던데

악인 듯 선인 듯
생각 속에 뒤바뀌고
낮 하늘에 맑음
밤하늘에 어둠에
달팽이 뿔처럼
접고 펴는 내 마음이
바람에 물결인 양
수시로 변하니

나를 만드신 그분께선
지어 짜대는 이 나약함을

왜 보고만 계실까
용광로의 주물도
용도에 따라
만들어지건마는
온전히 못 맞긴
제 교만 용서하시고
당신 뜻대로 하옵시길 빕니다

산정호수에서

여름 빛깔 곱게 빚어

호수에 쏟아냈네

명성산이 내려다보는

호수의 둘레 길을

서슴없이 들어가

한 폭의 그림이 되고

초록 바람이

비벼대는 춤사위는

구름 따라

어릿어릿 맴도는데

내 그리움도

허공에 출렁이네

도봉산에서

잡새들이 수굿이
숨결 고르는 도봉산에서

덜미 잡힌 삶의 무게를
자운봉 아래 내려놓는다

매어둘 수 없는 긴 그림자는
느긋이 들어앉는 노을이 삼키고

여름의 긴 해는
서산으로 숨어든다

여름 이야기

된장잠자리
떼 지어 다니고
여름은 절정에 이르니
천지는 절제 없이 가득한
열기로 바튼 숨을 쉬는데
새들은 목청을 돋우다

촘촘히 박힌 열기로
땅은 떡시루처럼
더운 김을 뿜어대도
더위도 무색하게
꽃들은 꽃잎을 펼치니
그지없이 곱다

산을 향하는 발길에
산 그림자는
느긋이 등에 업히고
바람은 갈래갈래
머리 풀어 흔들며
나뭇잎에 일렁인다

시 동냥 길

일상에 쫓겨 달려오다
시가 고픈 허기진 마음은
세월에 떠나보낸 꿈 자락에
삶의 무게를 얹고
시 농사를 지어보려 이랑을
일구고 씨를 뿌려보지만
늦게야 뿌린 씨는 나다가
가뭄에 마르고 새가 쪼아 먹고
변변히 구실도 못 하니
어이할까 시는 고픈데

농사를 짓느니 차라리
넉넉한 산에게
시 동냥이나 나서보자
와아 너무 부자인 곳간에는
저리도 많은 알곡이 있네

곱게 핀 달맞이꽃
조롱조롱 피어있는 싸리 꽃
거리 간격 없는 나무들과 숲

산 벚꽃 나무에 붙어
귀찮게 하는 버섯들
모두 주워 담아 쓱쓱 비벼
비빔밥으로 먹어볼까

동냥한 시는 넘치는데
작은 깡통에 넣을 수가 없네
치마폭에 담아올까
먹지도 못하고 돌아서는
동냥 길은 더 허기지고

불같이 달군 마음은
불끈대는 생각만 간절해
하늘에 구름 한 조각
베어 물어 삼켜 보려 해도
먹지도 못하고 체한
시 동냥은 넘어가지도 않고
까탈을 부린다

언제나 배 불리 먹고
편하게 배설하여 볼까나
시 고픔에 옹이 진 가슴을
풀어헤쳤더니
죽은 나무에 매달렸던 버섯만
같이 살자 귀찮게 하네

제5부

무슨 향을 내며 살까

연정

사랑을 알고부터
따라다니는 그리움
사랑이란 늘 기다림
그 기다림 때문에
가슴에 멍이 들고
멍들인 사랑 때문에
오늘이 아파도
그 사랑이 소중해서
체념도 후회도 안 하네

다시 깊이 생각해도
너무 귀한 내 사랑
그 사랑 그리워도
나는 웃는다네
울지 못해 웃는 마음
얼마나 아픈지
그래도 난 기다리며
다시 웃는다네
울 수도 없어서

새벽달

새벽마다
올려보는 달은
채움과 비움을
배우게 하며
밤과 아침을 이어 준다
이 새벽도
아이들이 갖고 놀다
놓쳐버린 바람 빠진
헬륨 풍선처럼
반만 채워져
검은 하늘 달무리 안에
고요히 멎어 있다

이지러진 몸을
키워 가는 달은
완성의 정점에 오를 날을
간절히 기다리는
예지의 표상이던 가
이 새벽도
구름 같은 삶의
수레를 타고
가슴 속 깊이 젖어드는
알지 못할 신비감으로
새벽달의 낭만 속에
한가로이 빠져든다

아기벌 삼형제 나들이

놀러 나왔다
소나기를 만난
아기벌 삼형제

젖은 날개로
길 잃고 헤맬 때
인정 많은 호박꽃 아줌마
아기벌들을 불러 드려
꿀맛 나는 음식으로
대접하고는 비를
피했다 가라 하네

황금 보료 위에서
젖은 날개는 마르고
배부르니 그만
단내 나는 호박꽃술에
코를 박고 소르르
잠이 들었네

호박꽃 날 저물어
꽃잎 접을 때 되니
아기벌들 집에 보내려
흔들어 깨워도
향기 나는 꿈나라에서
일어날 줄을 모르네

무슨 향을 내며 살까

한껏 깊어진 밤의
한가운데 들어와
몸은 일어나지질 않고
의식만 일어나 앉는다
망각은 삶 속에 죽음이며
생명의 배덕이라는데
이 밤 마른 수수깡처럼
비어가는 기억 속에
청하지도 않은 흔적들이
주마등처럼 스쳐 아프니
잊히는 것이 은혜임을
알 것 같은 밤이다

향수를 만드는 장미는
자정부터 두 시에 사이에
꽃을 따서 향을 뽑아야
명품 향수를 얻어낸다는데
나는 무슨 향을 만들려고
이 시간이면 늘 깨어 있는지
장미는 바람이 흔들면
흔들리는 대로 향을 멀리 내어
제 가치를 더 하는데
나의 휘청대는 마음은
무슨 향을 내며
밝아오는 빛에 세워질까

도망할 곳은 없더라

말의 포만에 잠겨 살다
그도 못 하는 얄궂은 세상
골머리 아픈 소식들로
압박에 짓눌리느니
차라리 초록빛 부심으로
마음을 잡아끄는
산으로 도망을 한다

산등성에 올라서니
비좁은 가슴으로
뭉게구름은 안겨 오는데
품지도 못하는 마음은
왜 자꾸 헛발을 내딛는지

바람도 오고 가고
해달이 엇갈려
낮 밤도 생겨나는데
허허론 허공에
먹구름이 없을쏜가

앞서가던 바람은
쉬어가자 보채지만
풀지 못할 고리는
산에 주어 버리고
마스크 쓴 빌딩 숲으로
다시 내려간다
말의 부스러기들 주우러

무궁화 꽃처럼

신록으로 저마다의
자화상을 꾸며내는 여름
몸달아 피어오른 숨결로
수줍게 피어난 무궁화

호들갑스럽게
화려하지도 않은 것이
고결한 모습조차
선조의 모습을 닮았네

수명 다한 초라한 모습
보이지 않으려
모두가 잠든 밤에 몸을
돌돌 말아 내려앉으니

진주 남강에서
외장을 끌어안고
꽃잎처럼 떨어져 간
논개의 충절을 닮았더냐

진도 빼지 말고
애쓰지도 말고
피고 지고 또 피어나라
우리나라 꽃 무궁화

쉼을 찾아서

외로운 섬처럼
떠 있는 달도
배회하고 있는 깊은 밤
흐르는 시냇물에
가로등 그림자는
그렸다가 지우고
또다시 그리며 흔들린다

욕심 된 것에서
벗어나려는 마음은
또 다른 나에게
바보처럼 살자 하니
꼭꼭 다잡아둔 마음일랑
쉬어가도록
느슨히 풀어줘야지

내 머무른 곳치고
그 흔적 안 남은 곳
어디 있을까
부끄러운 자국만이라도

없으면 좋으련만
서둘러 흘러가는 길에서

찾아 짐 지려 안 해도
지고 갈 일 많은 세상
애써 찾아지고
갈 일은 뭐 있을까
지고 나면 쉬이
벗어 놀 수도 없는 것을

뿌연 밤안개 자락에
끌려가는 적막함도
냇물 따라 흘러가는데
시간의 갈피 속에
내 발자국도 지워져 가는데

비와 바람과 여름

며칠 낮과 밤을
뒤척이든 구름은
그리움의 사랑비로
땅으로 내려앉으니

목말라 애태우던
갈증은 떠나고
곳곳마다 물기
흠씬 머금은 숲에
바람이 내려와 논다

낮게 앉은 바람은
작은 꽃들부터
쓰다듬어 주고는
비를 데리고 산비탈을
거슬러 오른다

삶의 무게만큼
밀고 당기다
결국 보듬지도 못하고

보낼 뻔한 여름을
어진 손길이 찾아와
보살피며 다닌다

여기저기
만삭이 된 여름은
너무나도 더워서
해산할 날을 넘겼는데
바람의 마사지에
비로소 몸을 연다

백석천을 거닐며

질금대며 내리는
빗줄기에
꽃들의 두런거림이
들리는 듯한데

저만큼 우 우 우
일어서는 비바람에
꽃들이 움츠리며
몸살을 앓는다

돌다리에 부딪혀
부서지는 개울물은
숨이 차 넘어가고

개울 언저리를 맴도는
비바람은 꽃들을
성가시게 한다

산이 좋아
산새는 산에 살고
나는 이 냇가
물소리가 좋아서
비 오는
백석천 가를 거닌다네

장미를 찾아서

불난 듯이 가는 세월
잡는다고 머물까
중랑천을 병풍처럼
두르고 있는 장미바람이
비단 같은 감촉으로
휘감아 향을 내고
파란 하늘에 하얀 구름은
목화처럼 피어나
그 아름다운 어울림을
내 어찌 다 말할까?

무량으로 쏟아지는
햇살의 은총에
색색의 장미꽃 물결은
빛 부심으로 여울지고
사념 속에 묻혀 사는
복잡함을 내려놓으니
장미 꽃물에 흠씬 취하여
나는 말하려네
누가 뭐래도 여름은
축복의 계절이라고…

목화밭의 추억

내 고향 방아다리
야트막한 동산 아래
초록이 가득할 때면
목화밭에 새색시 닮은
청순한 꽃이 피어
쪽빛 하늘 내려와
나비 바람과 놀다 가고

목화 꽃 진자리에
목화 다래 맺어
볼록하게 살찌우면
소 꼴 베던 개구쟁이들
목화 나무 분지르며
목화 다래 따내어도
혼난 일도 그리 없었던
시절 좋은 때가 있었지

따 쥐고 나온 목화 다래
동네 할아버지 무덤가
잔디에 누워
연한 속살 파내 씹으며
단물 삼키던
시름없던 시절은
전설 같은 이야기가 되고
그때를 기억하는 이
얼마나들 살아 있을까

백석천의 여름 이야기

능수버들 가지가
잡아 쥐고 올라간
하늘은 저리도 맑은데
냇물은 물길 따라
중량천에서 한강으로
머리를 두고 질주한다

어느 바람에 업혀 와
창포는 이곳에
뿌리를 내렸는지
실하게 물오른
대공에서 꽃은 피고
보랏빛에 반하여
날아온 나비는
꽃잎에 입맞춘다

머물지 못하는 냇물은
숨차게 돌다리를 넘는데
등 떠미는 바람에
나도 덩달아 따라가네

파밭의 수난

채소밭 귀퉁이에
동실동실 하얗게
무리 지어 핀 파 꽃 위로
호박벌 윙 윙 윙
꿀 찾아 날아들면

이때다 싶게 동네
까까머리 악동들
검정 고무신 거꾸로 들고
벌잡이들 되어
파밭을 헤집는다

다리에 궁둥이에 노란
꽃가루 묻힌 호박벌들
놀라서 혼비백산 날고
기세등등한 악동들
검정 고무신 벗어
잽싸게 파 꽃 위에 벌을
겨냥하여 후려 챈다

옳다구나 잡혔다
까까머리는
최대한의 속도로
고무신 든 손을
공중 회전시키다
땅에 내팽개치면
호박벌은
기절하여 맥을 놓고
까까머리들은 침을 뽑고
생체 실험을 한다

위기를 느낀 호박벌들
까까머리에
침 한 방 꽂고 달아나니
파밭은 금방
아수라장으로 변하고
까까머리들
발을 동동 구르며 우는
친구 손 잡고
만병통치 된장 바르려
장독대로 달음질하네

골목길 사람들

집들은 늙수그레하지만
좁은 골목 양편에 꽃 심어
비단길 만들어 희망도 심고
행복도 키우며 드나들었던
골목길 사람들

여름이면 마당 평상에 둘러앉아
기름 냄새 풍기며 삼겹살에
막걸리로 정을 함께 나눠 먹고
시름도 나눠달라던
골목길 사람들

때로는 뒤엉켜 상처도 내고
그러다가도 묵은 정이 따뜻해
화해하고 울고 웃고 살았던
골목길 사람들

나라 땅인지라 자릿세 내며
노심초사 숨죽여 살아오다
공원 만든다 철거 명령

방 붙이고 부산하니
한참 청청하게 고추 매달리고
감자알 키우는데 무섭기도 해라

위세도 등등이 철거 명령 패
떡 버티고 서 있으니
이 여름에도 오한이 난다네
지엄하신 명령 어찌 거역할까
새 둥지 찾아 흩어져 떠날
골목길 사람들

담 밑의 저 꽃들은 두고 떠날
주인들의 마음을 모르는지
저리도 곱디곱게 피우고
앞산 골짝의 소쩍새 울음은
골목길까지 내려와
시름 많은 이의 스산한
마음에 부화를 부축이네

아카시아 꽃

오월 햇빛에
연초록 잎이
기름을 바른 듯
반지르르
윤기를 내고

줄기마다
작은 요정의
버선 같은 꽃망울
조롱조롱 매달더니

해 밝기에 피어
바람에 향기 싣고
꽃소식 전하려
마을까지 내려왔네

파란 하늘
머리에 이고서
솜사탕처럼
무리지어 피어나

벌들도 꿀 찾아
날아들고
꽃의 향기 가득하니
은혜가 아니던가

순백의 슬픔이여

꽃잎이 감당하기에
버거운 비바람에
생명을 다하고
땅으로 잎 위로
애처롭게 내려앉는
새하얀 꽃잎들…

낮이 되기엔 멀지만
밤새 바람의 매질에
지친 꽃잎은 모진
부대낌에 주저앉고
멀리 가는 몹쓸 바람은
돌아보며 웃고 간다

수명의 기한을
다 못 채우고 떠나도
계절의 바람 앞에서
뒷모습조차 깨끗한
순백의 꽃잎 보며
눈물은 왜 나는지…

단비를 주옵소서

꿈속에서도 저는
소나기 소리를 들었습니다
꿈속에서도 묻어오는
이 아픔을 거둬주소서

온종일 내일도 모래도
빗소리를 들려주시어
백석천 도랑물 소리를
높여주소서

참담함으로 구겨진 마음에
소망의 단비를 주옵소서
그래서 그 빗줄기로
때 묻은 가슴들을 씻게 하옵소서

작은 생명들의 죽음일랑
눈 감고 허공에 날리렵니다
모든 염려 지우는
빗소리를 듣게 하옵소서

백석천에 물소리가
멈출 것 같은 졸이는
마음을 긍휼히 여기옵소서

사막에 피는 모래 꽃
잔치처럼 거칠고 메마른
대지를 뜨거운 사랑의
빗줄기로 적시어 주옵소서

그리하시면 웅장한
교향악처럼 듣고
깊은 가슴 밑바닥에서
솟구치는 감사한 마음을
찬양으로 보답하오리다

구애

사랑을 알고부터
따라다니는 그리움
그 그리움 때문에
그 사랑 때문에
견딜 수 있다네

사랑이란 늘 기다림
그 기다림 때문에
가슴에 멍이 들고
멍들인 사랑 때문에
오늘이 아파도
그 사랑이 소중해서
체념도 후회도 안 하네

다시 깊이 생각해도
너무 귀한 내 사랑
그 사랑 그리워도
나는 웃는다네

울지 못해 웃는 마음
얼마나 아픈지
그래도 난 기다리며
다시 웃는다네
울 수도 없어서

갈대

밤 추위로 떨며
온밤을 지새운 몸

모진 낮바람에
숨소리 고르며

푸시시 마른 몸으로
울며 매달리지만

돌아보지도 않고
떠나는 사랑에

헝클어진 마음은
야속함에 운다

온 곳을 바라보아도
흔적조차 없고

끝없이 밀려오는
추억의 잔물결은

이다지도 그리워
가슴 아픈데

야속한 하루해는
말없이 서산을 넘네

나팔꽃 사랑

하늘 문 열리고
어둠 물러나면
서둘러 새벽이슬에
몸단장하고
해님 맞이하는 나팔꽃
아침에 피어 저녁에 지는
하루살이 사랑을
뉘라서 달래 줄까

지팡이처럼
휘두르고 오는 저녁
아쉬운 하룻길
정들어 못 간다고
애탄 해도 소용없고
애달픈 그 사랑은
정든 임 해걸음 따라
시들어간 짧은 사랑

초록빛 유혹은

목말라 가물가물
쓰러질 것 같던
원색들의 생기 찾은 모습이
보고 싶어 더 가까이
좀 더 가까이

둥지를 트는 그리움에
발길은 초록을
쫓아가는데
얼굴 없는 바람에
나뭇잎이 파르르 흔들린다

거미그물 앞에
서성이든 발길이 머물러
무심히 바라보는데
왜 초대하지 않은
그림자는 거미그물에
매달리는지

나는 독백한다
아이처럼
아름다운 세상은
참 슬픈 거라며
기억과 감정조차도
풀줄기에 매달린다

제6부

달맞이꽃이 되어

분꽃 피던 내 고향엔

낮 동안의
뜨겁던 햇빛의
기세가 누그러들고
추녀 밑에 그늘이 드리우면
앞마당 화단에
색색으로 분꽃이
곱게 피던 고향 집

네 것 내 것 없이
고운 정 나누며 살던
내 고향에
문명의 혜택인지
문명의 이기인지
큰 건설회사 사람들
먼지 날리며 드나들고
동네 어른들 옥신각신

출가한 딸들까지 찾아
도장 받아가고
목돈 만진 친척들
새 둥지 찾아 떠나니
여름에 분꽃 피고
가을엔 떡시루에
김 올리던 고향은
굴착기에 허물어진다

감자꽃 위의 사랑

초록 잎사귀 위로
별 닮은 보랏빛
우윳빛 감자 꽃들이
별 밭을 만들어 놓으니
꽃에 마음 뺏긴 벌은
황금 꽃술에 뒹굴며
꿀맛 같은 입맞춤으로
서로 사랑을 하였는데

화려한 날개옷 입고서
모퉁이 길 돌아 돌아
날아온 나비가
감자 꽃 앞에 춤추며
화려하게 유혹을 하니
새로 눈뜬 사랑에
옛사랑은 볼일 없다네

변심한 감자 꽃에
토라져 버린 벌
윙윙윙
초록 휘파람 불면서
감자밭을 맴돌지만
허무한 옛사랑은
돌아올 마음 없고
한나절 해 걸음은
서산을 넘어가네

찔레꽃

실계곡 풀숲에
무리지어 핀 하얀 꽃

숲의 유혹으로
피워냈나

사랑의 갈증으로
피였나

벌들이 날아들어
꽃술 빨며 뒹굴고

벌 따라온 나비도
꽃잎에 입맞춘다

그윽한 향기에
취하여 얼굴을 대니

후드득
꽃잎이 떨어지네

향기가 유혹해도
참을 걸 그랬나

그렇게 꽃 시절은
구름에 실려 가고

내 젊음도 아슴푸레
해 넘듯이 그리 가네

여름 예찬

맑게 갠 하늘엔
꽃구름이 떠다니고
더운 바람이 꽃 능선을
쓰다듬고 지난다

바람이 계절의
향을 실어오며
자연의 축복 아래
여름빛은
꽃들 위에서 춤추니
삼라만상은 모두가
정감의 대상이다

천지의 넘치는
햇살은
속속히 스며들어
색깔을 만들고
저마다의
아름다움으로
생색을 낸다

꽃그늘에 머물러
여름의 정취에
시흥은 넘치는데
뒤엉킨 말들이
입속에서만 굴러
난감한 곤혹이 되어
끝을 맺는다

능소화

들끓는 더위를
씻어 내리는 바람에
창을 열어보니
햇살이 눈웃음으로
다가서네
퍼붓는 열풍에
갈증이 나도
한철 화사한
주홍 옷 입은
능소화는 발긋발긋
명도를 높이고
초록빛에 안겨
터질 듯 피어오른
화려한 절정에
황혼의 빈 가슴에도
춤을 추듯
판타지아를 연주한다

메꽃 피는 여름이면

여우비 한차례 지나니
빗물에 세수한 메꽃이
물방울 매달고 해맑게 웃네
왜 메꽃만 보면 나는
고향 자드락 숲이 보일까

메꽃에 매달린
그리움은 이리도 먼데
내 고향 방아다리
자드락 숲 오두막에 살던
분이는 살아나 있는지

소인 찍힌 손편지 보내면
받아 볼 누구 있으려나
구름 사이로 얼굴 반쯤
내민 해님은 웃을까 울을까
꼭 내 맘 같아라

등꽃 피는 계절이면

등나무 연초록 잎에
빛살처럼 쏘아 비치는
가득가득한 햇빛
생명의 고리들에
보랏빛 구슬 등을
촘촘히 매달았네

삶의 고단함에
잊고 지냈던 세월
어스름 창을 열고
내다보는 얼굴 있어
마음마저 요동하니
차라리 눈을 감는다

어렴풋이 잊었던
가신 임 맑은 눈빛
이제야 떠 올려지니
잃었던 날들 속에
묻히었던 노래를
나지막이 불러본다

마음에 묻어둔
임이 좋아하던
등꽃의 보랏빛 파도
아름다운 그림 속에
한점 햇살로
매달리며 봄은 간다

뒤척이는 선유도의 밤

온갖 탁류를 다 싣고
크고 작은 파도를
굽어 돌며 여기까지 와
모두 쏟아 놨는데
말없이 파도가 삼켜주니
열탕처럼 들끓던 격정도
바다에 잠시 잠수한다

모래밭의 발자국도
파도는 내딛는 대로
지워주었건만
잊자 잊어버리자 하여도
사념의 실타래는 쉽사리
풀리지를 않고
무슨 염원은 그리 많은지

모든 것을 담아 품는
바다를 바라보며
잊어버린 공간 넘어
빈 그림자로 서 있는 나

심약해진 마음은
후보 선수처럼
현장을 못 떠나고 있다

바다의 지붕인
하늘이 어둡다
덧없이 외로운 시간에
휘돌아 뒤척이는 바다는
별 없는 밤을 어찌 새우며
시시때때로 변하는
하늘을 어찌 품을까

꽃비 내리는 봄날에

이 고운 봄날에
웬 바람은 그렇게 불어
나를 취하게 하던
벚꽃들도 저만큼
후려치는 바람에
꽃비 되어 내리네

견뎌내야 하는 세상
한 자락의 아름다움은
무참히 내리 않고
삶의 무게만 밀고 당기다
기억 언저리에 맴도는데
어찌 바람만 탓할까

의지를 꺾는 바람에도
허공이 휘도록 버티는
벚꽃 몇 잎이
애처로이 매달려있으니
우리네 인생과
뭐 다를 바 있으랴

에라 이 세상 것은
모두 시한부의 삶인 것을…
세월의 흔적 고스란히
담아 내린 꽃잎 밟으며
떠나갈 춘심이나 붙잡고
'사월이 가면'이나 불러볼까

사월이 가면 떠나야 할 사랑
오월이 오면 울어야 사랑
야속한 황혼에
허겁지겁 재촉하는 세월
떨어지는 꽃잎처럼
이리 또 사월은 간다

오늘

누가 준 선물일까
오늘은
단 하루의
위안일지라도
나는 노래의
날개를 펼치리라

이리도 감사한
오늘
온 세상에 꽃들의
넘실거림으로
나조차 꽃들 속에
피어나고 싶다

굽이져 돌아가는
꽃바람에 흔들려
떠다니는 구름처럼
저미는 흔적을
오늘도
지우면서 산다

펼쳐진 봄은
기억의 언저리에
머물다 간 고백까지
오늘
들추어 보자고 하여
모두 털어 내준다

봄의 중간에서
깊이 자리 잡은
복에 겨운 밟으며
오늘도
나는 봄과 함께
긴 대화 중이다

두 개의 우주

엄마가 아기에게
젖을 물리고 있다

사랑이 가득가득
부풀어 있고

아기는 사랑을 빨며
배를 불리고

두 개의 우주는
사랑을 채우는

위대하고 거룩하고
성스러운 집이다

두 개의 우주 속에
생명이 자라고

눈매 맑은 아기가
소롯이 잠이 든다

몽돌의 긴 겨울밤

수많은 세월을
늘 그 자리에 누워
날마다 처음처럼
파도와 나눈 사랑

부드럽던 손길도
때로는 거친 몸짓에
아픔을 참아내며
다듬어진 몸뚱이

몸 밑으로 구르며
간질이는 파도의 손길에
자륵자륵 짜그르르
숨넘어가게 웃고

구름에 가려 못 보는
해넘이가 그리울 땐
잉크 빛 바다와 갈매기가
위로해 줬는데

무례한 자 나타나
트럭에 마구 던져 싣고
산자락까지 끌려와
황토벽에 박혔네

요지부동한 몸뚱어리
되어서 옴짝달싹 못 하니
휘돌아 뒤척이던
그 바닷가 몹시 그리워라

마음대로 희롱하다 가는
차가운 산바람에
해소 끓는 기침 소리만
뱉어내고 있다네

산정호수

감청색 비단 바람이
호수에 내리 앉아
분량을 늘려 흔드니
선잠 깬 호수는
잔물결에 촘촘히 박힌
윤슬로 화답하네

코끝으로 전해오는
노송향에 취하고
빛 부심은 가득한데
호수에 한가롭게
발 묶인 오리 배로
아픈 현실이 보인다

천년세월을 하루같이
호수를 내려다보는
명성산의 두 봉우리는
유순한 어머니의
젖가슴처럼 모진
만고풍상을 이겨내네

달맞이꽃이 되어

그 밤 달맞이꽃에
내려앉은 시리도록
밝은 달빛에
그 슬픈 눈빛을
차라리 보지 말 것을

그립다고 말하기엔
흘러간 세월이 아득한데
느닷없는 소식에
이 마음은 무너지네

애달피 저며졌던 가슴도
세월이 약이 되어
잊히기도 하였는데
기억 끝에 매달린
눈빛은 왜 자꾸 맴도는지

생과 사의 나눔으로
비로소 자유로워졌으니
달임이 된 그대 그리며
달맞이꽃 되어
어두운 밤을 지새우네

봄밤의 삽화

우리 다섯 식구는
외식할 계획으로
도심과 조금 떨어진
한적한 곳에 도착하니
내 며느리 애쓴 만큼
내 취향에 딱 맞는 곳
빈센트 반 고흐의
그림으로 문마다
장식한 멋진 카페다

내 며느리
폼과 분위기에 빠져 사는
시어머니 마음에 맞춘
섬세한 섬김이 감사한 데
음식도 맛있었다
꽃그늘에 머물러
빛과 포근함으로
한껏 취한 봄밤의
주인공은 바로 나였다

멍텅구리 숨바꼭질

어두운 얼굴에
사랑하는 맘 드리우면
해님 얼굴 될 터인데

먹구름 가려진
그 속에 밝은 햇살
숨은 줄 왜 모를까

보이지 않으면
없다고 우기는
멍텅구리 같은 마음

햇살 밝은 곳은
낯설어 못 나오나
애꿎고도 가엾은 마음

멍텅구리 세상에 갇혀
멍텅구리 숨바꼭질
그렇게 끝을 냈네

먹구름 가린 곳에
밝은 햇살 숨은 것
정말인데 진짜인데

커피를 마시며

오늘따라 찻집에선
솔베이지의 노래까지
애절하게 흘러나와
고독을 한껏 부추긴다

진한 갈색에서
올라오는 커피 향에
헝클어진 그리움이
까탈스럽게 매달리니
커피에 시름이나 넣어
휘휘 저어 넘겨볼까

검정 고무신

더운 바람이
개울에 수온을 높이면
학교 갔다 돌아오던
동네 개구쟁이들 둘러멘
책 보따리 개울둑에
집어 던지고 물에 들어가
첨벙첨벙 까르르르
건강한 소리가
개울가를 흔들었었지

올챙이 송사리 잡아
검정 고무신에 넣어
흐르는 물에 배도 만들어
띄우며 신나게 놀기에
해 기우는 줄도 모르던
천진했던 아이들
이렇게 신나게 놀다 보면
물에 고무신 떠내려 보내는
개구쟁이 꼭 하나는 있었다

물살을 가르며 잡으려 지만
꼴깍꼴깍 물에 실려
숨었다 나왔다 점점 멀어지니
야속하기만 하고
아이에 근심은 땅이 꺼진다
도시락으로 먹은 보리밥
배 꺼져 허기가 지면
고무신 물 털어 신고
아이들은 집으로 돌아간다

물먹어 자꾸 흘러내려 가는
고무줄 바지 거머쥐고
고무신 잃어버린 아이는
동네 정자 마루에서
가지도 오지도 못하고
해 걸음은 재를 넘는데
겁먹은 아이 엄마 손에
잡혀 오며 등짝엔 불이 나고
앙앙 울어댄다

이튿날 이른 아침
엄마는 아이 신 빌리려
동네를 헤집고
발에도 안 맞는 신을 끌고
학교 가는 아이의 뒷모습에

엄마 마음은 바쁘다
보리쌀 자루 머리에 이고
시오리길 한걸음에 달려 사 온
검정 고무신

학교 다녀온 아들에게
신겨 보는 새 검정 고무신
엄마의 가슴엔
뭉클뭉클 사랑이 넘치고
아이와 검정 고무신은
광채가 난다
그 순진무구했던 기억은
점점 멀어지는데 마음은
그 순수에 발을 담그고 싶다

가을 그림자

시장 모퉁이 길에서
호박잎과 아기 호박을
팔아 달라는 거절 못 할
애처로운 눈빛 때문에
내 머릿속은 혼란스러웠다
이것으로 무슨 요리를?

그때 섬광처럼 스치는
보리밥에 강된장 호박잎 쌈
우렁된장찌개를 떠올린다
일단 10,000원을 주고 샀다
볼이 미어져라 먹어볼까
생각만으로도 포만감이 든다

가족들 얼굴이 반찬인데
어쩌나! 함께 먹어줄 입들을
직장으로 학교로 뺏기고
나 혼자 무슨 맛으로…
그래도 오늘은 집안 가득히
된장 냄새를 풍겨봐야지

해바라기 연정

동녘에서
새벽바람 타고
날아온 눈부신 빛

섬광처럼
다가온 빛으로
사랑을 알았네

꽃 대롱에
머물다 가버린
정은 그리움 되고

기다리고 기다린
보고픔은 해일처럼
밀려오는데

이루지 못할
무정한 홀로 사랑에
수그러지는 고개

두물머리에서

남쪽으로 향하는
북한강과
서쪽으로 흘러오던
남한강이
순결한 몸으로 만나
한 몸 이룬 두물머리

저 높고 푸른 하늘
지붕 삼아
유순하게 흐르는
과묵한 강
깊은 강 너머
아스라이 보이네

천년을 그 자리에서
이 두물머리의
햇살에 촘촘히 박힌
윤슬을 지켜보는
부드러운 능선의 산은
말이 없는데

하릴없이 묶여있는
저 돛단배에 누워
하늘을 바라보며
돛폭에 바람 가득 싣고
바람 따라 구름 따라
흘러가고 싶네

□ 서평

새벽 사람의 삶과 사랑, 그리고 행복

최 봉 희(시조시인, 평론가, 글벗 편집주간)

우리는 지혜를 얻기 위한 일종의 행위로 '배움'을 생각한다. 배움을 통한 지혜는 인생 선배들이 터득하고 물려준 훌륭한 진리이다. 그 축적물로 책이 떠오른다. 그러나 요즘은 지혜를 배우기보다는 물질 중심의 욕심이 앞서는 상황이다. 그러다 보니 인간의 본질이 무엇인가 자주 고민하게 된다.

올해 멋진 품격과 인품을 지닌 소중한 시인을 만났다. 이번에 『노을에 기댄 그리움』이란 시집을 출간하는 이기주 시인이다. 언제나 정겹고 따스한 정으로 말을 건네고 화답해주시는 정말 보기 힘든 인품을 갖춘 분이다. 지금 이 시간에도 우리 글벗 회원들을 아우나 동생으로 혹은 부모의 마음으로 대하듯 하나하나 돌보고 아우른다. 그뿐인가. 글벗문학회 밴드에서 하루도 빠짐없이 자신의 삶을 고백하는 글, 인생의 깨달음의 글, 그리고 행복의 글을 올린다. 그리고 올려진 글마다 따스하고 정겨운 댓글이 가득 넘친다.

그의 인품이 따뜻하고 성품이 아름다운 것처럼 그의 시에
는 자신의 삶에 대한 성찰과 깨달음이 쏟아진다. 가족 사
랑, 이웃 사랑, 자연 사랑의 글로 가득하다. 그 때문일까?
매일 새벽 4시경이면 어김없이 새벽 기도로 하루를 시작한
다. 그래서 많은 사람들이 이기주 시인을 '새벽 사람'이라
고 기억한다. 물론 새벽기도 후에는 글벗 회원들의 글을
일일이 챙겨 읽으면서 따스한 정감을 교환한다. 글을 쓰는
필자뿐만 아니라 대부분 시인들은 공감할 것이다.
  그러면 이기주 시인의 시는 어떤 특징을 지니고 있을까?
한 마디로 삶과 사랑에 대한 진솔한 성찰과 행복에 대한
질문으로 가득하다.

　　　이별을 서두름에
　　　미워도 하였다가

　　　오랜 세월 지나며
　　　원망도 부질없어

　　　망실(忘失)의 강물에
　　　흘려보낸 줄 알았는데

　　　묵은 사진 정리하다
　　　마주친 눈빛에

　　　손끝에 박힌 티눈처럼

빼낼 수 없는 아픔

싸한 바람 한 줄기
가슴에 자리 잡네
- 시 「허기로운 밤」 전문

　시인은 지난 살아온 삶을 회상하면서 맨 먼저 아픔을 떠
올린다. 그는 마치 얼마 남지 않은 삶을 살아가는 방편으
로 묵은 사진을 정리하다 잊을 수 없는 아픔을 회상하는
듯하다. 어쩌면 삶의 성찰이면서 자신을 돌아보는 기다림
과 치유의 행동인지도 모른다. 그는 또 다른 시에서 자신
을 노을빛을 닮은 '백당나무 열매'로 비유한다.

온통 하얀 꽃들이
촘촘히 수놓을 때
나조차 꽃들 속에
피어나고 싶었는데

굽이져 돌아가는
꽃바람에 흔들려
떠다니는 구름처럼
펼쳐지는 가을에

여름의 언저리에
머물다간 이야기는
노을의 붉은 빛을 닮은

홍보석으로 매달렸네

감미로운 저 햇살에
온 세상이 드밝아져
산뜻해진 빨간 빛으로
영롱해진 백당열매
 – 시 「백당나무에 열린 가을」 전문

　나이가 들어서 백발이 되어가면서 백당나무처럼 아름다운 꽃을 피우고 붉은 보석의 열매를 맺고픈 마음은 간절한 것이다. 다시금 자신의 존재를 파악하고 확인하고 싶은 것은 아닐까? 겨울 눈꽃 사이로 달린 백당나무의 빨간 열매는 '사랑의 열매'다. 추운 계절에 우리 주위를 돌아보는 따뜻한 마음과 이웃 사랑에 대한 실천의 삶을 살고 싶은 것이다. 어쩌면 자신의 존재가 사랑의 열매가 되고 행복이 되고 싶은 것이리라.
　이기주 시를 읽으면서 떠오르는 것은 '사람은 도대체 무엇으로 사는가?'라는 질문이었다. 톨스토이는 사람은 '사랑으로 살아가는 것'이라고 했다. 아울러 조선의 위대한 실학자 정약용은 '은혜를 베푸는 삶'이라고 했고 공자는 '배려하고 사랑하는 마음'이라고 했다. 어쩌면 이기주 시인과 이 세 사람의 공통점은 바로 '더불어 살아가는 삶'에 가치를 둔 것은 아닐까?
　이기주 시인의 시 작품 「함께 가야할 인생길」 두 편을 살펴보자.

빈 들판에 허수아비같이
힘도 없는 몸인데
오고 가는 인연이
피고 지는 꽃처럼 많다
마음만은 청춘이어서
종횡무진 달리다 지쳐서
주저앉았다 일어선다

대나무가 모진 광풍에도
꺾이지 아니하고
꼿꼿이 버텨감은
저마다의 마디가
있기 때문이라는데
나는 그 마디 만들기가
버겁다고 투정을 한다

더 살아내야 할 생명이
한 뼘이 남았더라도
맺어놓은 인연들을
잘라낼 수는 없으니
마중물이 되어 살아갈
사명이 남았다면
힘내어 다시 일어서야지
– 시 「함께 가야 할 인생길에서(1)」 전문

시인은 힘도 없는 '허수아비'로 그리고 모진 광풍을 이겨
낸 '대나무'로 시적 자아를 표현한다. 그 중심에는 이겨내
고 다시 일어서는 것은 물론 버티고 다시 힘내어 일어선
다. 그래서 자신과 맺어놓은 인연들을 만나는 '마중물'로
살아가는 인생인 것이다. 한마디로 더불어 살아가는 삶을
살아가는 것이다. 다른 사람과의 관계를 중요시하고 남을
배려하고 이해하고 존중하는 삶, 서로 사랑해서 행복해지
는 삶을 말하는 것은 아닐까. 나는 그래서 이기주 시인을
부모님처럼 존경하고 사랑한다.

이기주 시인의 또 다른 시를 살펴보자.

늘 외로움으로
배불렀던 내게
그대와의 사랑은
처음이며 끝인
아름다운 동행이며

입술은 닫아둔 채
마주만 보아도
마음까지 보이는
사랑의 정설이요
진실한 대화입니다

보이는 것 너무 많아
그대 안 보일까

눈을 감으면 오히려
또렷이 보이는
벅차오르는 희열이요

세상 어떤 고난도
온 힘을 다해
원망도 미움도 없이
참고 견뎌낼
아름다운 동행입니다
– 시 「동행」 전문

시인은 언제나 이웃과 아름다운 동행을 꿈꾼다. 외로울 때 그를 사랑했고 그리워했으며 많은 고난을 오롯이 참고 견뎌냈다. 말하지 않아도 상대방을 읽는 사랑, 진실한 마음의 대화, 눈을 감아도 그가 보이는 사랑, 이것이 아름다운 동행이라고 시인은 말한다.

그러면 시인에게 행복이란 도대체 무엇일까? 누구나 한 번쯤 답을 찾기 위해 고민해 본 질문이기도 하지만 무척 궁금했다. 크리스토퍼 피터슨(Christopher Peterson)은 『긍정심리학 프라이머』에서 '행복은 즐거움과 의미, 몰입이 가득한 상태이다'라고 말한다. 첫째 즐거움은 쾌락을 통한 행복 추구(헤도니즘 Hedonism)란 개념을 생각해 본다. 쾌락주의란 즐거움을 극대화하여 아픔을 최소화하는 것이다. 둘째는 의미를 통한 행복추구(Eudemonia)다. 유데모니즘(Eudaemonism)에서의 진정한 행복이란 사랑, 봉사

와 같은 덕을 따르고 그것을 가꿔가는 것을 의미한다.

이를 바탕으로 할 때 이기주 시인의 시에 나타난 행복은 유데모니즘이 아닐까 한다. 이에 대한 근거는 다음의 시에서 찾아볼 수 있다.

생각만 하여도
허기진 해 걸음에
밥 짓는 냄새가 나는 임
사랑하는 그대가
나를 통해 가질 수 있는 것
모두 다 내어 주고 싶네

나의 사랑이 작아서
볼 수 없다면
나의 사랑이 모자라
느낄 수 없다면
아직도 나의 사랑이
부족한 까닭이겠지

아흔아홉을 가진
그대라면 내가
그 하나를 채우는
보조 배터리가 되어
완전한 사랑을
만들어 주어야지

걸림돌은 다듬어
　　　디딤돌로 만들고
　　　꿈의 다리 놓아가며
　　　하얀 부케 들고서
　　　축제의 그곳으로
　　　행복하게 건너가려네
　　　- 시 「나무수국 앞에서」

　내 가진 모든 것을 내어주는 사랑, 내가 가진 모든 역량과
힘을 나누는 사랑, 자신이 희생하더라도 걸림돌이 아닌 디
딤돌이 되고 싶은 것이다. 꿈의 다리를 놓아가면서 하얀
부케를 들고 축제의 땅으로 행복하게 건너가겠다는 의지,
그것이 시인의 추구하는 사랑이고 행복인 것이다.

　　　피고 지는 꽃처럼
　　　내게도 오고 가는 이들
　　　타작마당에 볏단 같은 몸이
　　　마음만 청춘이어서
　　　종횡무진 달리다
　　　주저앉고 다시 일어난다

　　　꼿꼿한 대나무가
　　　모진 광풍에도
　　　꺾이지 아니함은
　　　저마다의 마디가
　　　있기 때문이라는데

그 마디 만들기가 버겁다
이 몸은 투정하네

더 살아내야 할 생명이
한 뼘이 남았더라도
맺어놓은 인연들을
잘라낼 수 없는 아픔에
나의 방파제이신 분께
힘, 주시옵소서 매달리며
오늘도 다시 일어선다
- 시 「함께 가야 할 인생길에서(2)」 전문

시인은 하나님을 섬기는 독실한 신앙인이다. 내 모든 생명이 한 뼘이 남았더라도 맺어놓은 인연에게 아픔보다는 행복을 주고 싶은 것이다. 그 헌신적인 사랑의 힘을 언제나 절대자에게 간구하고 소망하는 것이다. 어쩌면 그가 소망하는 신앙은 바로 가족과 이웃의 행복이리라.

행복의 기준은 사람마다 각기 다르다. 즐거운 순간이 반복되기를 소망하는 사람도 있고 자신이 정한 목표를 달성하기를 소망하는 사람도 있다. 성취감을 행복이라고 여기는 사람들이다. 가족이 잘 지내는 것에 만족하는 행복과 좋은 일이나 나쁜 일이 있더라도 평정심을 잃지 않는 것을 행복이라고 생각하는 사람도 있다.

시인은 우리의 삶이 유한하다는 것을 너무나도 잘 알고 있다. 이 유한한 삶을 어떻게 살아야 할 것인지 스스로 물

을 수밖에 없다. 시인은 우리의 삶이 유한한 것이기에 후
회 없는 삶을 살려면 기다림, 그리고 웃음이 필요하다고
말한다.

> 사랑을 알고부터
> 따라다니는 그리움
> 사랑이란 늘 기다림
> 그 기다림 때문에
> 가슴에 멍이 들고
> 멍들인 사랑 때문에
> 오늘이 아파도
> 그 사랑이 소중해서
> 체념도 후회도 안 하네
>
> 다시 깊이 생각해도
> 너무 귀한 내 사랑
> 그 사랑 그리워도
> 나는 웃는다네
> 울지 못해 웃는 마음
> 얼마나 아픈지
> 그래도 난 기다리며
> 다시 웃는다네
> 울 수도 없어서
> - 시 「연정」 전문

최근 한 연구에 따르면 개인의 행복 수준을 결정하는 것

은 유전적인 요인은 거의 절반이란다. 그리고 다음으로 생활환경(나이, 성별, 인종, 결혼 생활, 수입, 건강, 직업, 종교)이 10~20% 정도이고, 그 나머지는 그 사람의 생각과 행동방식에 따라 행복의 범위를 최고조까지 끌어올릴 수 있다고 한다. 자신의 삶에 대한 태도가 행복에 엄청난 영향을 끼친다고 말할 수 있다.

우리의 삶은 분명 처음이 있으면 끝이 존재한다. 후회 없는 삶을 살려면 자신의 가슴이 시키는 대로 살아야 하지 않을까? 어쩌면 이기주 시인은 삶의 유한성을 인식하면서 오히려 풍요로워졌다고 말하고 있는 듯하다. 이기주 시인이 최근에 발표한 「새벽 사람」이란 시를 살펴보자.

밭갈이 없었으면
씨앗은 뿌렸을까
심지도 않았으면
수확은 있었을까

잃어버린 것 많아
부족함 알았으니
누리던 습관 버려
절약도 배웠다네

사랑을 한다고서
이별은 없었을까
용서를 한다고서

찌꺼긴 없었을까

하늘도 맑았다가
흐리기 일쑤인데
나로는 감당 못 해
새벽 사람 되었네

고난이 유익이라
너무 큰 복 받아서
그 은혜 고마워서
새벽 사람 되었네
- 시 「새벽 사람」

고난을 유익이라는 긍정적인 태도를 통해서 삶을 살아가
는 방식이 참으로 아름답다. 그리고 늙수그레하지만 좁은
골목에 꽃을 심고 함께 더불어 사는 삶, 그리고 삼겹살에
막걸리로 오붓한 정을 나누면서 시름도 나누는 삶, 싸우다
가 묵은 정으로 화해하고 울고 웃고 사는 삶, 시인은 그것
이 행복이라고 말한다.

집들은 늙수그레하지만
좁은 골목 양편에 꽃 심어
비단길 만들어 희망도 심고
행복도 키우며 드나들었던
골목길 사람들

여름이면 마당 평상에 둘러앉아
기름 냄새 풍기며 삼겹살에
막걸리로 정을 함께 나눠 먹고
시름도 나눠달라던
골목길 사람들

때로는 뒤엉켜 상처도 내고
그러다가도 묵은 정이 따듯해
화해하고 울고 웃고 살았던
골목길 사람들
- 시 「골목길 사람들」 중에서

　이제 이기주 시인의 시 세계를 요약하고자 한다. 이기주 시인의 시는 사람을 향하는 따뜻한 감성으로 가득하다. 그의 삶에서 보여준 헌신이 그의 시에 고스란히 녹아 있다. '새벽 사람'으로 기도하는 삶 가운데 아픔과 슬픔, 고난을 우리들의 삶으로 바짝 끌어당기고 있다. 우리의 시선을 사람과 사람, 그리고 사람이 사는 세상으로 향하게 하는 것이다. 그리하여 우리 삶에서 만나게 되는 무엇 하나 그냥 스쳐 보내지 않고 자세히, 오래 보고, 깊게 생각하도록 이끈다. 그의 시는 한 마디로 바로 자신뿐만 아니라 우리의 행복을 생각하는 시라고 말할 수 있겠다.
　한 마디로 나를 알고 우리를 알며 모두가 행복해지는 시가 아닐까 한다. 다시금 이기주 시인의 건승과 행복을 응원한다. 아울러 독자들에게 일독을 권한다.

■ 글벗시선 118 이기주 시집

노을에 기댄 그리움

인 쇄 일 2020년 11월 30일
발 행 일 2020년 11월 30일
지 은 이 이 기 주
펴 낸 이 한 주 희
펴 낸 곳 도서출판 글벗
출판등록 2007. 10. 29(제406-2007-100호)
주　　소 경기도 파주시 와석순환로 16,(야당동)
　　　　　 롯데캐슬파크타운 905동 1104호
홈페이지 http://guelbut.co.kr
E-mail juhee6305@hanmail.net
전화번호 031-957-1461
팩　　스 031-957-7319
가　　격 12,000원
I S B N 978-89-6533-159-9 04810